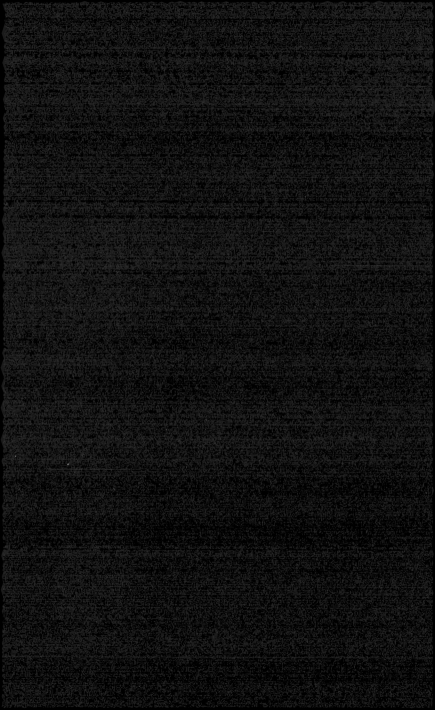

宿命《リベンジ》

石原慎太郎

幻冬舎

宿命《リベンジ》

目次

宿命《リベンジ》

1

世の中にはいくら望んでも叶わぬもの、望まなくとも襲いかかる出来事がある。事によれば、あくまでもそれに耐えて生き続けなくてはならぬ出来事もある。それは人生の不条理とも言えようが、それを背負い通すことそのものが、生きるということに他なるまい。それをこそ宿命と言うべきかもしれないが、俺たち二人きりの兄弟が与えられた仇討ちという避けられぬ厄介な仕事も俺たちの宿命だった。

俺たち兄弟にとって親父の仇討ちにあいつを殺すのは宿命だった。幼い頃から互いにそう誓い合って育ってきた。

それは誰に何と言われようと外れることの出来ぬ人生の一本道だった。仇討ちとは古めかしく滑稽な試みと言われることだろうが、人間の世の中には法律では決めきれぬ物事というものが在る。絶対に在るのだ。この国が文明開化されてからそれまで在った仇討ちは禁止され、近代刑法なるものが取り入れられ、侍も刀を取り上げられ、大っぴらな仇討ちなるものは世の中から姿を消したが、人の心はそれですむものではありはしまい。まして俺たち兄弟の親父への愛着は何をもってしてもどう拭い去れるものでもありはしなかった。

この世には理不尽な出来事は絶えないが、健気な子供を何かで殺された親が裁判で泣きながら犯人をどうか死刑にしてほしいと裁判官に哀願するのを見聞きすると、あれは見ていても腹立たしいというか納得がいかない。俺なら自分の手で憎い犯人を殺したいと願うだろう。昔、誰かから聞いたが、大切な叔父さんを殺したヤクザを法廷で柵を飛び越え、密かに持ち込んだ凶器でじかに刺し殺して仇を討った男がいたそうな。彼はそれで長い懲役を受けたが、満足だったろう。それが人間としての筋というものだ。

親父は俺たちの目の前で殺されたのだった。目の前とは言っても俺と兄貴が釣りをしていた岸辺の対岸につけられた船で、沖仲仕《おきなかし》を差配していた親父の頭の上にクレーンから荷物を満載した鉄の箱が落とされたのだ。警察の調べでは事故ということですまされたが、あれは間違いなく殺人だった。

その証しにあの時クレーンを操っていた男は次の日から姿を消してしまった。彼にその仕事を授けた後ろにいた者が差配して犯人を隠したのだ。問題は彼に親父の殺しをさせた後ろにいた者が誰かということだった。

母はすぐにある男の名を口にし、歯がみして涙を流したが、その確証はにわかにありはしなかった。その男は関西一円の港で沖仲仕の仕事で伸してきていた西光海運の社長の山形勲に違いなかった。西光の背後には関西一円を仕切っているヤクザの川口組が在った。明治の頃から沖仲仕の仕事を続けてきたうちの家風からして親父は川口組との関わりを嫌って避けてもいた。

新興の西光と老舗のうちとの間にはそれまでいろいろ軋轢《あつれき》があったそうだが、キリンと呼ばれている背の高い新型のクレーンをうちが新規に許可をとって据えた時、西光は焦って川口組を動かし、市から強引に許可をとって対抗してきたそうな。以来、うちと西光の間にはいろいろ角逐があり、使われている人足同士のいざこざが絶えなかった。

親父があんな死に方をした時、取り乱した母は父を殺したのは紛れもなく西光の差し金だと叫んで涙していたが、それまで親父を仕事で支えてきていた叔父の史郎が滅多にそんなことを言うものではないと窘めてはいた。

しかし俺たち兄弟には、それまでおぼろに見聞きしてきたことからして親父の急死の背後には母の言う通り誰かの大きな影があるのは確かなような気がしてならなかった。家に古くからいる人足頭の山野に聞けば、何しろ親父に向けてクレーンから鉄の箱を落とした男はごく最近に雇われた者だったそうで、彼は自ら起こしたあの事故の後、港一円から姿を消してどこにも見当たらないという。

「社長を殺した本物の犯人を見つけるには、あの男を探し出し泥を吐かせるほかありませんよ。姿をくらましても多分どこかの港で同じ仕事にありついて食っているに違いありませんな」

と彼は言っていたが、あの一言が俺たち兄弟の仇討ちの僅かな手がかりだった。


父が殺されてから三年たって母が亡くなった。夫を亡くしてから綺麗だった母が年ごとにやつれ老いていくのを見るのは子供心にもつらかった。それを見るにつけ、父からのろけ半分に聞かされていた、互いに親の反対を押し切って二人して駆け落ちしての結婚のいきさつが思い出された。母は神戸でも有名な老舗の一人娘、父は累代の沖仲仕の血筋で互いにそぐわぬ間柄だったが、二人して家を飛び出し強引に結婚してしまったそうな。そしてその先に二人の男の子を持ち、これからという矢先の父の死だった。

その父の思い出は尽きない。そんな経緯から生まれた俺たちを父は大層可愛がってくれた。何よりもの思い出は、二人が大きくなり中学に通い出した頃、父はいつも俺たち二人と一緒に風呂に入り、父の方が俺たちの体を洗ってくれたことだった。こちらはもう局部に毛が生えだしていて面映ゆくてしかたなかったが、それでも父は強引に引き寄せて体の隅々までを洗ってくれた。俺たちもそのお返しに二人して大きな親父の体を洗い、親父は大層嬉しそうに身を任せてくれていた。そんな後の夕飯の席で、親父は俺たちの体の成長を、あそこのヘアのぐあいも含めてわざわざ母親に告げたりしていたものだった。

そんな人生の片割れを突然失ってしまった母のやつれ方は激しく、俺たち子供の目から見ても痛々しいものだった。そして父が殺されてから三年後に母は癌にとりつかれて亡くなってしまった。

死に際に病院で付き添う俺たち兄弟の手を握りながらはっきりとした声で残した言葉は、「お前たち二人して必ずお父さんの仇を討っておくれよ」だった。

あの一言は未熟な俺たち二人の胸にも強く響いた。というより忘れていた何かを突然呼び起こし、俺たちの胸に何か重く大きなものを投げ込んでくれた。あの時二人は激しく身震いしながら彼女に向かって頷き、涙しながら誓ったのだ。あの瞬間から俺たちの宿命が始まったのだった。

それは何故か身動き出来ぬような何かが体の芯で疼《うず》き、全身を痺れさせるような感慨だった。あの母の死に際の一言が俺たちの人生を決めたといえそうだ。

父と母を失った後、俺たち兄弟は父の仕事を継いでいた叔父のお陰で何とかまともに暮らすことは出来たが、秀才でまともな兄に比べて劣っていた俺は気が荒れるまま荒《すさ》むようになり、学校で喧嘩沙汰を起こし、ある時相手を骨折させたために退学させられてしまった。心配した兄が叔父に諮《はか》って俺を隔離して東京の皇道館という厳しい校風で有名な大学の付属高校に編入させてくれた。俺はそこで空手部に入り技を磨き、大学に進んでも空手を続け、三年生の時には四段をとり、卒業前には主将を務めたものだった。それで俺は形のない凶器を手にすることが出来たのだ。

それが災いしてある時、仲間と町で酒を飲んだ後に在日韓国人のチンピラを相手に喧嘩をし、相手の助骨を折って警察沙汰になり、三晩警察に泊まる羽目になった。その時、同じ檻の中にいたその町のヤクザの若い衆と知り合いになり、俺が痛めつけた韓国系のチンピラと反目している組織に誘われ、暇に任せて彼等の事務所に顔を出すようになってしまったのだった。

そしてある時、組が打った興行に、反目している韓国系組織がいやがらせをかけてきて現場で乱闘が起こり、それを察しての備えの用心棒に俺も頼まれるまま日頃の付き合いの義理から手を貸しに出向いていたが、興行の現場の裏手で始まった乱闘で俺は大暴れして相手の四人をなぎ倒してしまった。そうしたらその内の一人、蹴倒して奪った棍棒で殴り倒した奴が意識不明となり、その後病院で死んでしまった。

その結果、ヤクザ同士の出入りという事情が加味されて加害者の俺は一年の懲役を食らって宇都宮の刑務所に送られてしまった。しかしこの結末については家の迷惑を思って兄貴にも一切知らせずにおいた。

それにしても刑務所での一年近くは、なまじの学校よりもこの俺には為になる知恵を授けてくれたと思う。この世には筋の通らぬことがいかに多いか、人間の欲望が絡んだ世間の作り出す理不尽がいかにまかり通っているか、その不条理に打ちひしがれた人間がいかに多いことかを身に染みて悟らされたものだった。

一方、秀才の兄は京都の大学を卒業して間もなく司法試験に合格していたが、何故か金にならぬ検事の道を選んでいた。その訳を質したら俺を確かめるように強いまなざしで見返し、

「お前も忘れてはいないだろうな。お袋との約束を果たすためにはこの仕事がいいんだ。いいか、いつかは必ずやるんだ、いや、やってみせる。お前はどうか知らないが、俺は片時もお袋との約束を忘れちゃいないぜ」

目を据えて言い切る兄貴の、日頃は見せぬ表情に、俺は気圧《けお》されたような気がしていた。

宇都宮刑務所を出てから俺は東京に残ってヤクザの組に加わってほしいと袖を引く声を断って神戸に戻り、叔父の下で家業の沖仲仕の仕事を手伝いながら過ごしていた。ある時、荷揚げの作業の最中にクレーンの荷物が崩れ落ち、怪我人が出た。幸い肩の骨を折るだけですんだが、身内の俺が日頃目をかけていた気っ風のいい若い衆だっただけにひとしお強いショックを受けた。その男の怪我は彼を片腕のきかぬ、一生使いものにならぬ羽目に陥れた。

病院に彼を見舞って声をかけた時、男泣きしている姿を眺めながら突然、俺の体の内に何か得体の知れぬものが兆してきたのだ。それは長い夢から突然揺り起こされたような生々しい実感だった。病院を出て前庭に立ち尽くし、俺は何かを嚙み締めるように過ぎた時間を振り返ってみた。

「親父さん、お袋さんよ」

声に出して叫んでみた。何か大きな不義理を背負っている自分に歯がみをするような思いだった。立ち尽くしたまま指折りして、あれから過ぎた年月を数えてみた。俺が中学一年、兄貴が三年の年だから三十三のこの今まで、もう背信の二十年の時が流れていたのだ。

胸の奥から苦く熱いものが込み上げてき、居たたまれぬ思いでそれを嚙み締めながら、俺はそれを思い切り吐き出した。

そしてその夜、俺は兄貴の十郎の官舎を訪ねていった。俺の突然の来訪を兄貴は怪訝《けげん》そうな顔で迎えてくれた。その表情がまた俺の胸を突き上げた。

「あれからもう二十年が過ぎたんだよなあ」

俺はいきなり言った。

「今日、うちの若い者が落ちてきた積み荷で怪我をしやがった。多分一生使いものにはならないだろうな。それを見て思い出したんだよ。俺たちは大事な約束を忘れていたよな」

問い詰めるつもりで言った俺を黙って見返すと、

「俺は忘れちゃいないよ」

逆に押し切るように言った。

「なら何をだよ」

「西光の山形をいつかこの手で殺すことだ。お前もやっとそれを思い出したということだろうな」

以前、神戸を離れ、見知らぬ東京の学校に身を移すよう俺に説いた時みたいに、もの静かだが有無を言わさぬ口調で言った。

「お前はグレかけて騒がしかったが、俺はいつもそのことばかり考えていたぜ。これは人生を棒に振ることだからな。俺はそれをなし遂げるつもりで、そのためにこそ検事の仕事を選んだ。検事の仕事としてあいつの罪を暴き、この手で必ず殺してやるつもりだ。俺はいつか必ず一人ででもやるよ」

「ならば俺はどうするんだ」

「お前はそのまま親父の仕事を継ぐんだ」

「そんな馬鹿な、俺もこの手で兄貴と一緒にやらせてくれよ。昔あんたと一緒に親父の体を洗ったじゃないか」

向きになって言う俺を見返すと、

「いいだろう。しかしその前にお前に頼みたいことがある。これは俺の今の身では出来ないからな」

試すような目で言った。

「何をだよ」

「確か今井と言ったよな。あの時親父に手を下して殺した山形の手下の男を探すんだ。そして吐かせろ、あれは山形の仕業だとな」

「それでどうする」

「それはお前次第だな」

「俺は殺すぜ」

身を乗り出して言った俺を薄い笑いで見返すと、

「いいだろう。しかし俺は検事だぜ」

「やったらきちんと自首して出るよ」

「待ってるよ」


その後、俺は探す相手の当たりをつけるために、うちの人足頭・山野の爺様を摑まえて聞いてみた。

「しかし若、今頃あの男を探し出してどうなさるね」

「昔のあの出来事を俺は今でもどうにも忘れられないということよ」

言い放った俺を窺《うかが》うように見直すと、

「それはお兄さんと相談してのことですかね。あの方は今の仕事を選ばれて、それなりの考えがおありの筈でしょうが」

「ああ、その兄貴にそう頼まれたのさ」

言い切った俺をしげしげ見返し、何かを納めるように固く頷くと、

「姿をくらますための盛りの港といえば隣の大阪は近すぎるし、ここから西の、まず九州の若松あたりですかね。あの男は恐らく山形から掴まされた金は遣い果たして同じ渡世で暮らしているでしょうよ。沖仲仕をやる野郎なんぞ他のまともな仕事では食い詰めて、危ない力仕事以外出来ない手合いばかりですからね」

「そうか若松か、いいことを聞いたぜ」

頭を下げる俺に、

「若、あまり早まらないでくださいよ」

縋《すが》るようにして言う相手に、

「早まるなと言っても、あれから一体もう何年たったと思うんだ」

突き放すように俺は言ってやった。


それからすぐに俺は若松という全く縁故のない町に飛んだ。親父を手にかけた今井を探す伝手は、山野の爺様が言った通り沖仲仕の世界で探せば早く見つかる筈だと思った。

町の職業安定所なるところで尋ねたら、港の沖仲仕の口入れをする事務所はすぐにわかった。着ていたものを取り替え、仕事にあぶれた風体になってみれば仕事にはすぐありつけた。

最初の仕事は近くの炭鉱から掘り出されてくる石炭の積み込みだった。この仕事は身に応えた。それをこなすことで俺が得たものはこんな仕事で俺たちを育ててくれ、自分も手下たちと同じように汗を流して仕事に励み、揚げ句に暗い船の底で無残に殺された親父の有り難さと懐かしさだった。

そしてそれは同じ仕事での縄張り欲しさに、謀《たばか》って親父を殺させたあの山形への憎しみを改めて蘇らせてくれた。その恨みを必ず晴らすためにも親父を直接手にかけた見知らぬ男を探し出し、彼を締め上げて吐かせ、あのどす黒い芝居を仕立てて利を得てはばからない男に、この手でとどめを刺すためにも、この黒い石炭の山の中から手探りで何としてでも俺にとっての宝の石を掘り出さなくてはならなかった。

そしてそんなある日、俺は探している相手の糸口を摑むことが出来たのだ。その日仕事を終え、港の片隅で石炭の煤《すす》で汚れきった体を水で洗

っている最中、仲間の一人が、

「あああっ、明日の仕事もまたあの宝船にあたらねえかなあ」

大声でぼやいて言うのを聞いて、

「何だい、その宝船というのは」

質したら、

「年に一度やって来る宝を積んだ船よ。東京辺りでも滅多にないイギリスの高級ウイスキーのメーカーがこの国で売る品をここで荷揚げしてさばくのよ。その時あいつが誰かとつるんでコンテナのどこかに中身の大方を隠し、抜いてさばいて大儲けしやがった。あいつ一人でそんな大それたことが出来る訳ないが、大方あいつを雇っていた沖仲仕の会社の誰かが巴組の誰かと組んでやったんだろうぜ。その後ろにはこのところ神戸から勢いつけて伸してきている川口組あたりがいるんじゃねえか。聞くところ巴組は川口の企業舎弟になっているらしいぜ。

こちとらもあいつみたいに度胸があったら何かいい品をごっそり掠めて夜中に陸揚げして売りさばき、大儲け出来るのになあ。野郎、それを元手に博打でも大当たりしやがって町のヤクザと繋《つな》がり、今じゃ手前《てめえ》の店まで持って大したはぶりだとよ。やっぱり前に人一人殺したなんて野郎は違うもんだよなあ」

と言うのを聞いて俺は引っかかった。

「へえ、その男、どこで誰をやったんだね」

「なんでも昔、仕事の上のいざこざでの行き掛かりでやったとほざいてたな」

「その男、この町の人間かね」

「いや違うな。いつの頃からか流れてきて俺たちと仕事するようになったが、あの男、関西なまりがあったな、ねちっこい」

「そいつの店ってのはどんなものだね」

「確かバーとかいったな。あの時くすねた酒を出しているんじゃねえか」


あれはこの俺にとって格好な情報だった。見知らぬ町に漠たる見込みでやって来た俺にとって、顔も姿もおぼろげな仇を探す手がかりは皆無に近いものだった。しかしそれが本物の仇そのものという証しもなく、彼が生き延びてバーという商売を始めているというだけの手がかりで相手を探し出すという作業もまた、砂漠で落とした金貨を探すようなものだったが。

しかしそれでも僅かとは言え、この見知らぬ町で顔も知らぬ相手を探し出す手がかりは他にありようもなかった。そこでまず俺は見知らぬ町の繁華街の飲食店で当たりをつけることにした。しかしこれもまた道に落とした針を探すみたいなものだった。

それにしても沖仲仕の風体では覚束なく、繁華街をうろつくために身振りを変える算段として何かのセールスマンを選んだ。そのために北九州市の中でそれらしい企業を選んで、ある工作機械メーカーのセールスマンを装うべく支店を訪ね、製品のカタログを仕入れて持ち歩くことにした。そうやって仇の当たりをつけるために若松の中でも飲食店の多い中川町の店を飲み歩いた。

その中のある店のカウンターに納まっている年配の古手のバーテンダーにそれとなく沖仲仕上がりの男が最近開いたという店の当たりを確か

めてみた。問われて小首を傾げた相手が、探す術《すべ》がないでもないと請け合うので間を置いてまたバーを訪ねてみたら思いがけなく答えが返ってきた。

町で、あちこちへの出前で流行《はや》っているラーメン屋の親父に注文をとった際に質してみたら、いかにもそんな店があるという。ただし沖仲仕の仕事屋の巴組と関わり深い、あまり柄のよくない店ですが、と注釈までしてくれたものだった。これは何かの当たりがつくかもしれぬと俺は思った。

早速その翌日の夜、聞かされていた店を訪ねてみた。そこは町の通りから外れて立った粗末な造りの店だった。表の看板には『バー 港』とあった。

入って来た俺をカウンターの中にいた年配の男と女が怪訝そうに見返

してきた。俺にはときめくものがあった。かと言って目の前のこの男が探し求めていた親の仇敵《きゅうてき》と断じるにはまだとても覚束ない。仮にそうだとしても男自身の口を割らせて、じかに聞き出すためにはかなり手間暇がかかりそうだった。

それから俺は心して件《くだん》の店に通うことにした。そしてかなりの身銭を使い、店にとっては有り難い客になりすました。店にいる彼と同じような年頃の女は彼の女房でもなく、ただ互いに流れて行き合って繋がっただけの相手に見えた。ならばこの男の素性を確かめきって仇を討っても後ろめたさはなさそうに思えた。

俺と店の男の接点は、ある時ある出来事をきっかけに出来上がったものだった。

その夜、俺がいたカウンターに質の悪い酔客が三人座っていた。彼等の横柄な酔態から見て店の主人が働いていた巴組か企業舎弟のヤクザの一味に見えた。その内に中の一人が酔った弾みでカウンターに立ててい た酒のボトルを手で払って倒した。その酒が俺の上着の裾と穿《は》いていたズボンに大きくかかって濡らしたのだ。それを見て俺は倒れた酒瓶を持ち直し、相手の顔にぶちまけてやった。

相手は当然立ち上がり、何か叫んで殴りかかってきた。立ち幅の狭い店の中での喧嘩では空手の技が相手に届くのは容易で、一人は股間が潰れ、一人は鼻が折れてうずくまってしまった。残りの一人は怯えて何か叫びながら店から逃げ出していった。俺にすれば大層容易な出入りで、引き摺り上げた相手の鼻を揉んで元の姿に戻してやったが、店の者たちは呆然とした顔で俺を見直していた。

「警察を呼ぶことはないぜ。こいつらの後ろの誰かが何か言ってきたら俺の兄は大阪で検事をしていると言ってやれよ」

店の者たちがまばたきもせず見つめる中で、

「あいつら当分は顔を出さないと思うよ。来たらよろしく言ってくれよ。俺はまた来てみるがね」

それから三日ほどして顔を見せた俺を店の親父が迎えてまじまじ見直し、

「あんた強いもんだねえ、あれは空手の技だろう。どこで仕込んだものかね」

言ったものだった。

「ああ、昔大学の空手部にいたからな」

「段持ちかね」

「ああ、四段はとったよ。しかしあまりあの技は使いたくはねえな」

「どうして、うちとしては助かったよ」

身を乗り出してへつらって言う相手に、俺は心の内で密かに決めて、この相手を謀るつもりで肩をすくめながら、

「実は俺は行き掛かりで、人を殺しちまったことがあるのよ」

ぼやいてみせる俺をしげしげ見直しながらさらに身を乗り出して、

「いつのことだね」

「もう大分昔のことさ。俺も若かったからついその気になって、言われていたことを破ってな」

「どんな相手かね」

「質の悪い在日韓国人のチンピラだったが。連中、あの町を仕切ってい

て警察も往生しているような奴等だったな。蹴倒して奪った棍棒で殴り倒したら、担ぎ込まれた病院で死んじまいやがった。お陰で過剰防衛ということで実刑を食らって、一年近く宇都宮の別荘に入れられたが、模範囚ということで途中で出てきたがね」

肩をすくめてみせる俺を相手は食い入るように見直し、

「そいつは災難だったねえ。しかしあんたは凄いよ。この俺も今まで荒い仕事の世界にいたけど、あんたみたいな人は初めてだな。この店も荒い土地柄、時折この前のような客が来て迷惑させられるが、あんたみたいな人が来てくれれば有り難いもんだ。せいぜいサービスさせてもらいますよ」

ということで俺はこの店の上客になった。とは言えこの男の素性を確かめ尽くすまでにはいきそうにもなかった。

この男が、目指す親父の仇であることを突き止めるためには相手を何かで懐柔し尽くす必要があった。そしてその術を懸命に考えたものだ。揚げ句に思いついたのは彼を相手の及ばぬ遊びに誘い出し、こちらの金で囲い込む手立てをだった。若松を合併して肥大した北九州市は経済的に膨れ上がり、本州の大都会並みの歓楽街が発展していた。その中の一つに外国の女たちが体を売るソープランドなる高価な遊び場があった。中でも人気はどこからか流れついて来た白人の女たちだった。

ある時、男の店で彼が囲っている女の目を盗んで、俺は先日買って遊んだスウェーデンの女の好さをのろけてみせた。そして俺の奢《おご》りでの遊びに彼を誘ってみた。相手はすぐに乗って来た。生まれて初めての遊びの味に彼は狂喜し、三度四度と俺の奢りの誘いに飛び付き、尾を振ってついて来た。

その夜、互いに事を終えた後、俺は痛飲して泥酔し、若松には戻れぬ酔態で男に町の安宿を探させ、そこに倒れ込んだ。

そこでなお酒を呷《あお》り続ける俺に往生して見守る男に、俺がその夜抱いて遊んだ韓国の女は、俺が昔喧嘩で殴り殺した男と関わりのある者で、一族を代表して出稼ぎに行った東京で殺された男の、齢は離れていたがやがては結婚を約束していた相手だったと聞かされてショックだったと打ち明けた。

まだうら若い女がこの見知らぬ国に来てこんな勤めをしている由来を、質した相手から聞かされ、その因縁めいた話に俺はショックを受け、酔いが一層かさんだ。

そう打ち明けながら、行き掛かり上とは言え人を殺したという出来事の忌わしさに思わず涙をこぼす俺を見て、何を思ったのか男が手を強く握って、

「あんたはいい人なんだ、やっぱりいい人なんだ。俺にはよくわかる。人を殺すなんてろくなことじゃないんだよ。俺にはよくわかる。この俺だって昔行き掛かりで人を殺したことがあるんだ。あんなことは若気の至りでやっちまったが、今になれば反吐《へど》が出そうなことだったよ」

俺の肩を抱いて揺すぶりながら言った男を、俺は頭を振りながら思わずしげしげ見直していた。

「それはどういうことなんだね。あんたが誰か人を殺したというのは、いつのことだね」

「ずいぶん昔のことだよ」

「どこでかね」

「神戸でだったよ」

男は言ったのだ。それを聞いた瞬間、何かが俺の体の内で痺れて走った。俺にはとうとう行き当たったのかもしれぬという身震いするような実感があった。

「そうか、俺たち二人のよしみでいつかその話を聞かせてくれよ。俺もあんたも同罪と聞いたら気が休まるよ」

「いいとも、あんたにはいろいろ借りがあるからな。お互いにろくでもない昔を背負っているということだよな」

「それを投げ出したい気分は同じだよな」

「全く思い出したくもないよ」

「あんた、なんでまたそんな羽目になったんだね」

「金だよ、ただ金欲しさにな、若かったせいでただ遊ぶ金欲しさにつられてね。殺しを依頼してきた奴がお膳立てしてくれて、俺はただ機械のボタンを押すだけですんだがね。後から知ったが、あれはでかい仕事だったんだよなあ」

「どういうことかね」

「あれは、相手の会社を潰すための算段だったんだよ。相手の会社の社長を殺すことでその縄張りをものにして伸し上がるための企てだったな。その後ろにはあの頃から勢力を伸ばしてきていた川口組がいたみたいだよ。それに気づいた俺の身もやばくなって、俺はあの町をふけたのさ」

「そうか、あんたもそんな昔を抱えていたのかね。いつかじっくりその話を聞かせてくれよな」

「いいとも、それでこの俺も少しは気が晴れるというものさな。キリスト教でやる懺悔《ざんげ》ということかね。それで何もかも帳消しという訳にはいくまいがね」

「いや、それは出来る筈だよ。誰が何と言おうと、嫌な昔を断ち切る方法は必ずあるよ」

「あるかね、本当に」

男の声には本気で縋るようなものがあった。

それを感じた時、俺はこの男をふと許せるような気がしていたが、それを封じるように笑いながら、

「いつかそれを教えるよ。俺もそうやって抜け出したんだからな」

「なら頼むよ、本気で頼む」

俺に媚《こ》びてまた何かをたかって縋るような卑屈な相手の作り笑いを見直し、

「わかった、約束するよ。そこは相身互いだものな。その内どこかでじっくりあんたの話を聞かせてくれよな」

「頼むよ」

縋るような甘えた声で言う相手を確かめるように見つめながら、俺は心に決めた。


その夜、いきつけのソープランドで女を奢ってやった帰り道に、真夜中近く荷役の仕事が終わり人気《ひとけ》のない若松の桟橋に車を止めて、二人だけで降り立った。怪訝そうに俺を見直す相手に、

「あんたの昔話を聞かせてもらうのに人前でという訳にはいくまいからね。ここでならキリスト教での懺悔とやらがとっくり出来るからな」

言われて何かを感じたのか怯えた顔で退きかかる相手の腹に渾身《こんしん》の当

て身を食らわせてやった。その一撃で口から泡を吹いてうずくまる相手を蹴倒し、その片腕を抱え、まずその小指を握って引き起こして根元から折った。男は高い悲鳴を上げたが、無人の波止場には響きもしなかった。

男の腕を抱えたまま、

「いいか、あんたの殺しの昔話を詳しく聞かせてもらいたいんだよ。俺が尋ねることに一つ一つ答えなければ、一本一本指を折るからな。正直に答えることだぜ」

「な、何故」

「まず聞くが、あんたが神戸で殺したという相手は誰だね」

「な、何故」

「答えなければ次はこの指だぜ」

薬指に手をかけ握りしめて揺すぶると男は鈍く呻《うめ》いた。

「それはあんたを雇っていた西光海運と張り合っていた高山海運の社長だろう。違うかね」

問われて男は俺の腕の下で呻いて頷いた。

「それであんたはいくらせしめたのかね。言えよ、一体いくらであの殺しを請け負った」

「なんでそんなことを」

「あんたが殺した相手の命の値段を知りたいのさ」

「何故っ」

「あんたが殺した男は俺の親父、俺の父親、高山海運の社長だったのさ」

「げえっ！」

俺の腕の下で男はのけ反り身を震わせた。

「そのために今まであんたを探してこの国を旅してきたんだ。それでこの町に目をつけたのはどうやら当たりだったな。それであんたはあの殺しでいくらもらったのかね。言えよ、俺は俺の親父の命の値段を知りたいんだ」

相手の薬指にかけた手に力を加えて折ると男は呻きながら、

「わ、わかった、言うよ。確か三万で請け負ったんだ」

「ほう、安い話だな。しかし俺たちは何とか持ち直してきたよ。お袋もその心労で早死にしてしまったが、俺たち兄弟の仇討ちは親二人のためのものなのさ」

「あんたら兄弟って」

「ああ、もう一人の兄貴と互いに二人して謀ってきたことだよ。そしてこの俺はあんたをまず探し出して受け持つ。その役目はようやく今夜果たせそうだがね」

「そ、それはどういうことだ」

「それは今にわかるよ。しかしその前にもっと聞きたいことがあるのさ」

「な、何をだ」

「あの企みの後ろに山形の西光海運が企業舎弟になっていた例の川口組の差配があったんじゃないのかね」

「い、いやそんなことまで俺は知らねえ、知れる訳もない」

「まあそんなところだろうな。しかしあんたが使われ小奴としてクレーンから鉄の箱を落として俺の親父を殺したことに変わりはないよなあ」

「そ、それは」

「何だね」

「俺はただ言いつかってやったんだ。相手に何の恨みもあった訳じゃない」

「ただ金のためだよな」

「そっ、そうだ」

「それは安すぎるとは思わなかったかね」

「いっ、いやっ」

「安すぎだぜ。あれを仕出かしたこの手の指全部をかけても安すぎだぜ」

言いながら次の中指を力一杯反らせてへし折った。

男は鈍く呻いただけでもう声も立てなくなった。

「助けてくれっ」

喘ぎながら呻く男に、

「あんたにはこれを聞き出すために随分元手をかけたが、その付けは払ってもらうぜ」

「ど、どうやって」

「あんたの後ろにいて親父を殺させた奴等へ、あんたを骨身に染みる見せしめにしてやるよ」

半身を引き摺り上げ座らせた男を膝で蹴上げると、男は投げ出されたように呆気なく仰向けに倒れて動かなくなった。その姿はいかにも不様で見直すと吐気と憎しみが込み上げてきた。今この場でこの相手をずたずたに切り刻んで海に捨ててやりたい気分だった。

何故かこの今になって俺のこの手で屠《ほふ》った仇敵が疎ましくさらに吐気を交えた憎しみが込み上げてき、知らぬ間に涙が流れていた。

そんな自分をどう支えていいのかわからず、辺りを見回した末に目に留まったものに気付き、倒れている男の体を引き摺り、離れた倉庫の壁にもたれさせて座らせた。

そして倉庫の横に止められたままの小型のフォークリフトに手をかけて座り、挿されたままの鍵を回すとエンジンはすぐに始動し車は動いた。ギアを入れ、降りたままの荷物を持ち上げるリフトの爪を、倉庫を背にして座った男の胸の高さに合わせた。そのまま車を一度後退させ、さらに前進させたが、鋼鉄のリフトの爪は男の胸の厚さに阻まれ、先が突き通らない。舌打ちして車を後退させ、距離を置いてギアを入れ換え、全速で男の胸に向けて突っ込んだ。鈍い衝撃があり、リフトの爪先が倉庫の壁に届き、倉庫のブリキの壁が鳴るのがわかった。

そしてレバーを操作し、男を刺し通したリフトの爪を一杯の高さまで引き上げてやった。

鋼鉄の板の刃に串刺しにされた男は倉庫の壁を背に地上三メートルの宙空に浮いた形で不様に磔《はりつけ》になって晒されていた。それを眺め確かめながら、何故か俺はおぞましく思わず反吐を吐いた。独りでに涙が流れていた。そしてつぶやいていた。

「親父さん、これでよかったかね」

2

一仕事終えた俺はまた古巣の神戸に舞い戻った。俺がすぐにしたことは仇討ちの中間報告として、ひとまずようやく下手人を突き止め屠ったことを親父の墓に告げ、次の本星をものにすることの誓いだった。それには兄貴の知恵を借りなくては覚束なく、念願の叶う訳はない。仇討ちの一幕で仕入れていた情報を報告し、その先の手立てを彼と謀らなくてはならない。

そこで彼が在籍している大阪の検察庁を訪ねていった。この手で人を殺した人間にとって検察関係の建物への出入りは何となく気が引けるものだが、遠く離れた九州の土地で果たした殺しを大阪の誰が知る由もある筈はあるまい。

しかしその筋に在る人間のどんな勘かは知らぬが、兄貴は俺を見るなり一応部屋にいた秘書を退けて立ち上がると、手を握り声を潜めて、

「ご苦労だった。お前ならではの大仕事だったな。しかし何とも思い切

った手口だったな。あれほどの見せ物は滅多に在りはしまいな」

　まじまじと俺の顔を見直して言う彼に、

「兄貴はどこまで知っているのかね」

　思わず問うた俺に、

「蛇の道は蛇よ。あれは検察中で評判になっていたよ。しかし犯人は未だに手がかりなしだな。同じ殺しにしても念が入り過ぎているとな。しかしそれにしてもお前は見事だった。見直したぜ」

「それは憎さ余ってのことさ。俺は頭を潰されて死んだ親父の姿を忘れられないよ。あの仇を討つためには何人殺してもいいつもりだよ」

　声を詰まらせて言う俺をしげしげ見直し、

「いいだろう。それを聞いて俺も心強いぜ」

「兄貴の方の手筈はどれほど進んでいるんだね」

「俺の方はまだまだ先があるな。最初の手筈としては山形の会社の脱税を暴いて切りつけるつもりだ」

「しかし山形当人はどうする」

「あいつはやがては殺す。お前みたいに俺もこの手であいつにとどめを刺してやりたい」

顔に赤みが差し、声まで震わせて言う兄貴を俺はまじまじ見直していた。

「しかしあんたは検事じゃないか。その手を汚すことはないぜ」

「いや、俺はやるよ、必ずこの手でな。あの日そう誓ったんだ、二人して。世の中がどう変わろうと通さなくちゃならない筋というものが必ずある筈なんだ。俺はそのためにこそこの仕事を選んだ。そして仕事柄いろいろな事件を扱って人間たちが作った法律では裁きされぬ物事がありすぎるのがよくわかったんだ。仮にあの山形を捕らえて無期懲役に仕立ててもそれで俺たちやお袋の無念がどれだけ晴れるというんだ。

この国が昔、外国に真似て近代刑法をこしらえ、侍から刀を奪って仇討ちをいっさい禁じてみても、この身を苛《さいな》むような恨みが晴れる訳はないんだ。それを晴らして己の人生を取り戻すことを誰が禁じられるものか。今の仕事を重ねるうちに俺は親父やお袋のためにこの手であの仇を討ち果たすことが、この俺を俺という男として支えてくれることを確信したんだよ。他人はそれを時代錯誤の馬鹿と言うかもしれないが、俺はこのことをとても他人の手に預ける気にはなれないんだ。お前もそうだろう。だからお前はその片棒を立派に担いで果たしてくれたよ。俺も必ずお前に倣ってみせるぞ」

言い切った後、兄貴は何故か照れたように笑い、肩をすくめてみせた。

兄貴に当分の待機を命じられてからぶらぶらしている内に、若い身を持て余し、俺としては女が欲しくなってきた。と言っても素人の相手を探す手立てもなく、東京にいた頃の経験からやはりグレかかった若い女の方が容易で、神戸の町でズベかかった女の溜まり場を探したら、すぐに見つかった。

『蘭』という小洒落《こじゃれ》た喫茶店で、行く度に素人ながら少し崩れかかった風体の若い女たちがいつもたむろしていた。

彼女たちに食い込むきっかけは、ある日思いがけぬ出来事でやってきた。いつも見かける背の高く顔立ちのいいヨーコと呼ばれる姉さん格の女を囲んで四、五人の女たちがたむろしているところに、五、六人の年上の男たちがどやどやと入り込んできて彼女たちのテーブルの前に立ち塞がり、声高に何かを非難してみせた。横で聞くところ彼等が一緒に企てた遊びの上がりの取り分が不公平だということらしく、それを受けて姉さん格のヨーコが肩をすくめて言い返し、男どもは納得せず声を荒立ててテーブルに座っているヨーコの肩をど突き、彼女はそのまま仰向けに倒れた。

それにも屈せず立ち上がり男たちに向かい合い言い返した彼女の頬を、男の一人がいきなり平手で殴りつけ、それでも何か言い返した彼女に向かって、男はポケットから取り出した大型のナイフの刃を立てて突き付けた。悲鳴が上がり、連れの女たちが怯えて立ち上がり逃げようとするのを男たちが笑って行く手を塞ぎ、ナイフを構えた男はさらに居丈高に手にしているものをヨーコの喉に突き付けた。

それを見て俺は立ち上がり、ナイフを手にしている男の手を逆に取り、刃物をむしり取り、相手の腕を逆にひねり上げ、男は悲鳴を上げて床に跪いた。それを見て俺を取り囲んだ男たちに、

「ここでは店の迷惑だから皆表に出ろよ、俺が相手になってやるから。女を苛めるのはみっともないぜ」

言って促したら一人と見てか俺を取り囲みながら全員が表に出た。店を出て立ち止まりざま手近な二人をいきなり裏拳で殴り倒し、後の二人は股間を蹴り上げて倒し、残る二人はその場で腰を抜かして這いつくばった。

事はそれで決着したようだった。以来、彼等はあの店に姿を見せなくなった。ということで俺はヨーコのグループの用心棒のような存在になった。そして彼女は俺の女となった。結ばれてみると俺は彼女にのめり

込んだ。今まで若松の町で仇を探している間に金で買って遊んだ女たちとは違って、グレてはいても彼女は瑞々しく、特に高校の頃、水泳の個人メドレーで県の大会で優勝したことがあるという体は抱き甲斐があって、俺の今までの経験の中で初めて味わう新鮮な存在だった。

一人の女へのそうした執着は親父が死んでから初めて経験するものだった。これが恋愛というものかと密かに思いながら、俺は親父の仇討ちという俺の人生かけての仕事の邪魔にならぬかと己を咎めながらも、思いがけぬほど彼女にのめり込んでいったものだった。それは俺にとって生まれて初めてもたらされ、胸を熱くさせる恋愛とも言えそうな他人との深い関わりだった。

しかしあくまで俺の身分は隠して通した。あの若松の町で一仕事果たした俺は、相手が屑みたいな奴だろうと評判になりやすい殺され方だっただけに警察は当然無関心でいる筈はなかろうし、いかに親しい仲になろうと本名を名乗る筋はなく、彼女の前でも俺は若松時代と同じ工作機械のセールスマンとしての名前で通した。

しかし女の勘だろうか、ヨーコは俺の昔、特に東京時代のことを知りたがった。しかし在日韓国人のチンピラ相手のいざこざでの過剰防衛で僅かの間、宇都宮の刑務所に閉じ込められていたという経歴は、女の不思議な心理でか俺に対する信頼感を強めたようで、事あるごとに相談を持ち掛けてくるようになったものだ。後に知れたが、俺たちが深く知り合い結ばれるきっかけになった喫茶店もどんな才覚でものにしたのか、彼女自身の店だった。そうと知れれば俺としても彼女を改めて見直さぬ訳にいかなかった。

そしてある時、たまたま俺が彼女と場所を変え、山手に出来た新しい洒落たホテルでのデイトの後、彼女の仕事の終わりを待って座っていた時、彼女の店でまた悶着が起こった。

相手は前のような若いチンピラと違って、ごく普通の年配の勤め人風の男だった。

聞き耳を立てていると、二人の会話の中に聞き捨てならぬ名前が出てきた。それは俺と彼女の出会いを作ったチンピラたちが繋がっている大手の川口組配下のヤクザ組織の宴会に、ヨーコが抱えている若い半グレの女の子たちをはべらせ、精一杯のサービスをして欲しいという申し込みのようだった。

グレているとは言え、あくまで素人の娘たちに際どいサービスをさせようとする相手の素性がわからぬまま聞き耳を立てている俺の前で、ヨーコとはどんな関わりなのか、くどくど依頼を繰り返す相手にヨーコは

声を荒立て、

「いい加減にしなさいよ。そんなこと、この私にもう何の関係もありゃしないのよ。もう帰りなさいよ、今さら会社のためだなんて」

「だってお嬢さん、このことじゃ、お父さんも本当に困っておられるんですよ。あの相手次第でこの先、お父さんの会社がどうなるかを子供として考えてあげてくださいよ」

縋るように頭を下げる相手に、

「あんたから今さら親子の話を聞くことなんぞありゃしないのよ。あんたの言うあの父親、あの男がこの私や母親に何をしたかを聞いてみるがいいわ。会社？　会社が大変ですって？　西光、何よあんなもの」

その瞬間思わず身を起こし、俺はヨーコを見直したのだった。店の隅で言い争っている二人をまじまじ眺め直していた。

耳にした限りヨーコは男が口にした彼女にまつわる親子の関わりについて声を荒立てて拒んだのだった。以前のあんな経緯で知り合い結ばれた女が親父の仇の会社と何かの関わりがありそうな会話を耳にして、俺は思わず座り直して奥の二人を見直していた。

その夜の逢瀬のホテルでヨーコはいつになく激しく乱れて俺にしがみついてきた。その様子には先刻彼女の店であの見慣れぬ年配の男と交わしていた会話の余韻が感じられて在った。そして、俺は先刻彼女が店であの男と言い争っている間に口にした西光という会社の名と、それに続いて口走った、とても他人事《ひとごと》として聞き捨てならぬ親子の関わりなるものについて問い質したものだった。

さりげなく、

「さっきの店での話し合いは何か厄介ごとか。俺に出来ることなら手を貸すぜ」

持ち掛けた俺に、

「あんたに頼む筋のことじゃないのよ。場合によったら私が」

仰向いたまま唇を噛んでみせる彼女の様子を、俺としては彼女の肩に手をかけて引き寄せ、うなじに唇をあてたまま窺うしかなかった。

そのまま間を置き、突然体を大きくよじって抱きつき直すと、

「いいわよ。やるならこの私がこの手であいつを殺してみせるから」

呻くように言い放つその語気に思わず身を起こし、上から見直して、

「殺すって、一体誰をやるんだ」

「あいつをよ、私の父親をよ。私のお母さんのためにもね」

「そいつは穏やかじゃないな。一体何故だ」

「仇討ちよ。私たち二人の」

「どういうことかね」

「あなた、私にとって初めての男は誰だと思う？　あの男、父親なのよ。会社の社員だった私の母に惚れて、好き合っていた相手の男を外に飛ばして仲を裂いて母をものにしてしまったの。その母に産ませた私が十六の時、母が留守の家に水泳の練習を終えて学校から帰ってきたばかりの私が一人でシャワーを浴びていた時に浴室で私を犯したのよ。そのために妊娠させられた私のことを知って母は首を吊って死んだわ」

何かが乗り移ったように仰向いたまま無表情で話す彼女を見ながら、俺は何かの因縁がまたこの俺にとりついて来たような気がしてならなかった。こんな関わりを縁と言うのか、それとも不条理と言うべきなのか。この俺にとって今腕にしている愛する者のためにあの男を存分に嬲《なぶ》り殺しにする謂《いわ》れが整然と突きつけられた思いだった。

そして仇討ちのための憎悪は熱いというよりも何か白けて乾いたものに変質してしまった感じがしてならなかった。遠い以前に俺の父親を謀って殺した相手は、憎しみを超えて今思いがけなく相手にまつわる全ての感情を漂白されて、空手の稽古の時に打ち据える木造の人形のようにさえ思えた。

「よくわかったよ。あんたの父親にはこの俺も別の借りがあるのが今はっきりとわかったよ。そんな野郎なんだな、あいつは」

吐き出すように言った俺を間近に覗き込み、抱き締め直して、

「それは一体何よ」

質す相手に、

「それは俺があの男を殺す羽目にでもなった時に教えてやるよ。それで

あんたに後悔はないんだろうな」

「ないわ」

きっぱりと彼女は頷いてみせた。


「それはまた、驚きの因縁だなあ」

肩をすくめながら兄貴はしげしげ俺を見直した。

「色男のお前の方が俺を凌いでやってくれるなあ」

「この偶然は俺が仕掛けたものじゃないぜ。それにしてもあくどい野郎だぜ。あの女のためにだけでも許せぬ話じゃないか」

「全くだ。その後の調べでもいろいろわかって来たが、奴は手酷いことをやっているな」

「どんなだ」

「薬を、麻薬だな。最近出回っている薬の総量からすると山形の会社が噛んでいるらしい。あいつの会社が企業舎弟になっている川口組の総長は薬が嫌いで手下たちに薬に手を出すのを表立っては禁じているが、下の奴等は手近な稼ぎになる薬に手を出している。それに沖仲仕の差配をしているあいつの会社が一役二役買っているのは確からしい。何しろ海の上の仕事ついでだから足がつきにくい。扱っている荷物の量は大層なものだから、それに紛れての持ち込みも容易だろう。警察も手を焼いているようだ」

「なんですぐに手を出さないいんだ」

「後ろに例の川口組が絡んでいるとなれば、事は大事になるからな」

「そんなっ」

猛って言った俺を手で制して、

「いいか、俺たちの仇討ちの相手はあくまで親父を殺したあの山形なんだぞ。頭に血がのぼって相手を間違えると折角、叔父貴が立て直してくれたものが元も子もなくなるかもしれないんだ。

俺たちが親父やお袋に誓った仇討ちは、親父をああして手にかけたあの男をこの手で殺すということなんだ。そしてあいつの会社を潰してやる、それだけだ。それが俺たち二人に出来る世間への示しじゃないのか。それ以外の目に余るものに気をとられるな。まっしぐらにあの男を倒して恨みを晴らす、それだけを考えろよ。ただの仇討ちにしてもそれが世間への、この世の中への強い示しになるんだ。昔の戦争の時、何の未練も残さずに一途に死んでいった若者たちのようにな。

俺もかねて憧れ願っていた検事の仕事について腕をまくってし遂げたい仕事が山ほどあるし、お前も惚れた女が出来た。しかしそれもこれもあの時無残に殺された父親を二人して目の前にして、やがて死んでいったお袋に誓った仇討ちのためのことじゃないのか。俺はもし今ここであの男を刺し殺せたら何の未練もありはしない。お前もそうだろう、だから二人して何とかここまで来たんだ」

兄貴の話の中で俺の気を引いたのは、あの男が禁断の薬にまで手を出しているという話だった。それが裏社会で横行している仕事なら俺の力ずくのやり方でそれを証拠立てて暴くことが若松の経験からは出来そうな気がしていた。

そこで兄貴に相談して神戸の警察で薬関係に鼻のきく顔の広い刑事を紹介してもらった。俺の触れ込みは兄貴の手先でかなりやばいことも敢えてする私立の調査員ということにしておいた。田辺という警部補はもう定年近い古手の男で、扱っている薬の案件は相手の手が広がり過ぎて手に余り、それを見逃しにしているのに業を煮やしている印象だった。
所轄は違っても現職の検事からの紹介ということで初めから気さくに話し合ってくれた。俺が知りたいのは薬を運び込み、その後それを散らす運び屋の組織で、それにはまず連中がまとまった荷物をどこで荷揚げしてそれを散らすのか、その運び屋たちの元締めをだった。それを摑み、その相手を締め上げて吐かすためには乱暴な手立てで攻めるしかない。

どんな相手でも一対一で向かい合い、相手の体を痛めてみせれば大抵落ちる。現にあの若松で仕留めた相手は指三本を折っただけで吐いた。田辺警部補から聞いた薬の運び屋の元締めらしい男の一人は、三宮の外れで競輪や競馬のノミ屋を手広くやっている大木というヤクザ上がりの男だった。

俺はまず客の振りをして相手の事務所に出入りして顔を売り、ある夜、川口組の関わりの者と臭わせて男を行きつけの飲み屋から連れ出した。口実として薬の流れに最近不審なことがあり、その関わりについて質したいと持ちかけたら、相手も何か後ろめたいことがあるのか緊張した顔でついて来た。

山手の人気のない神社の境内で俺はいきなり相手に当て身を食らわせると、崩れた相手の手の指一本を握って折って引き摺り上げ、この次の荷揚げの場所と手順を問い質した。山形の会社と荷揚げの契約をしているフィリッピンの本船は神戸に入る前に姫路沖の家島《いえしま》諸島に立ち寄り、無人の西島の入り江に隠されたスピードボートに荷物を下ろして陸揚げするという。

その夜、田辺警部補の率いる五人チームは大木たちから総量一キロ近い薬を難なく押収出来た。歓声を上げる仲間の口を田辺が制して、これは上からの差し金でもっと大きな作戦に使うので他言無用と釘を刺した。

それから間を置いて西島の出来事が山形の耳に伝わっただろう頃合いに、俺は西島で手にした戦利品を携え、山形の会社に乗り込んだ。結果次第では生きて戻れぬかもしれない話し合いに、俺は俺たち兄弟以外の人間たちの遺恨を晴らすつもりでいた。

話の大筋は伝わっているようで、俺を迎えた会社の建物は妙に静まり返っていて陰険な雰囲気だった。彼等にすれば、あの秘密の仕事の段取りを仲立ちしていた大木というチンピラを半殺しにして仕掛け、大切な品物を強奪した犯人が、名乗り出て何やら話をつけるという触れ込みで会社に乗り込んでくるというのは並の話ではなかったろう。

通り過ぎる廊下の横の部屋に、それぞれ何かを手にした質の悪い連中が息を潜め隠れているのがよくわかった。

通された奥の一室に山形は一人で俺を待ち受けていた。

それはそれでこの男のしたたかさを証す居住まいでもあった。案内に従い扉を開けて立ち尽くしたまま一礼して、俺を見つめる初老の男を見定めた瞬間、俺を身震いさせる戦慄が体を走った。それを懸命に堪《こら》えながら、俺はまじまじと相手を見つめていた。

「そうか、あんたが山形さんか。あんたにこうして差しで会うのに俺は二十年もかかりましたよ」

言われたことが解せぬように相手はただ俺を見上げていた。

「この俺は二十年前、あんたの手で殺された、当時あんたと競り合っていた高山海運の松村社長の息子だよ」

言い切った俺を、相手は思わずのけ反って見直していた。

「いや、その仇を今ここで討つつもりはありませんよ。あんたを、親父の仇を討って殺す時は必ずもう一人、兄貴と参上しますよ。今日はただあんたの娘のヨーコの仇を討たせてもらうつもりですがね」

言いながら俺は手にしていた例のコカインの入った袋を相手の前に投げ出してやった。

「中には品物の半分、五百グラムがある。これをあんたに一億で買い取ってもらいたい」

「な、何故だ」

「それを聞くかね。あんたの娘のヨーコのためにだよ」

「お前はあの子とどんな」

「俺の女さ。俺の大切なあの女をあんたはどう扱ってきたのかね。まだ十六の齢の頃、水泳の練習から帰って来て一人でシャワーを浴びていた実の娘を、お前は強引に抱いたんだろう。それからあの子の人生はグレて狂った。それをあることでこの俺が拾って助けたのさ。そんな我が子への当面の慰謝料としてこの品を一億で引き取ってもらいたいのさ。残りの品は納めるところへ納めて、あんたの素性が世間に知れ渡るように裁判所にでも預けるよ。どうだね、当分の面子《メンツ》を保つためにも久しぶりに娘への孝行をしてみないかね」

言われて「一億か」と口ごもる相手に、

「俺の親父の命はそう安くはないぜ」

「それはどういうことだ」

「あんたはその内に必ず俺たちが殺す、殺してみせるよ。俺も兄貴もそのために今まで生き抜いてきたんだ」

「そのあんたの兄貴はどこにいるんだ」

相手は初めて怯えた顔で質してきた。

「俺の兄貴は雲の上の見えないところに元気でいるよ。その品物をぱくる手立ても兄貴の知恵さ」

それを聞いて一層怯えた顔になった相手に、

「それであんたの娘への慰謝料は、どうして払うかね。早い方が身のためだと思うがね。あんたの小切手なら通りがいいと思うがな」

「わかった」

相手は呻いて頷いてみせた。


俺が差し出した一億円の小切手をヨーコはしげしげ眺め直し、

「これ、どういうことよ」

「俺からの今度の新しい店のための差し入れさ。名義はあいつになっているが、半分は俺からの差し入れと思えよ」

「何故あんたがよ」

「あんたには言わずに来たが、俺にもあいつを討つ謂れがあるのさ」

「どんな」

「あいつがあんたから奪った以上のものを、俺も兄貴も子供の頃あいつに奪われたんだよ」

「それ、何よ」

身を寄せ、縋るようなまなざしで俺を見上げる相手に、

「考えてみろよ。こんなはした金じゃ贖《あがな》えないものだよ」

「何よ、教えて」

「あいつに聞いてみろよ。若いあんたの手つかずの体よりも俺たちにとっては掛け替えのないものさ」

「何よ、一体」

「俺たち兄弟の親父だよ。うちの親父をあいつが殺させたんだ」

「嘘っ」

「嘘なものか。あいつに言われ、親父に手を下した犯人を俺は二十年かかって探し出し、この手で殺したんだ。そしてその後はあの男、あんたの父親なんだよ」

言い放った俺を彼女は怯えた目でまじまじ見直し、小さく頷いてみせた。

「いいんだな」

抱き締めた体を揺すって質した俺に向かって、彼女はまた小さくもはっきりと頷いてみせた。その瞬間から俺たち二人の仲は呪われたものになったと言えたろう。俺は父親のためだけではなしに、惚れた女のためにも女の親父を殺す羽目になったのだから。しかしそれはそれで俺の体の内に何か新しい火を灯してくれたような気がしてならなかった。

これで俺は本物の人殺しになれたのかもしれない。俺の手で痛め尽くされ悲鳴を上げて這いつくばり、己の裏切りの所業を口から泡を吹きながら打ち明ける不様な奴等の実態を目にすればするほど、彼等が作る人間の関わりがおぞましく、あれ以来、俺がいつも体の内に疼くように感じ続けていた宛もない殺意のようなものがマグマみたいに体の内に堆積していくような気がしてならなかった。それは俺の青春を含めて男盛りの年月を無下にも灰色に染めさせた世間への憎しみでもあった。それは訳もない敵意のように体の内にわだかまり、それを意識した時、俺は限りなく孤独だった。

そんな心象をふと兄貴の前で漏らした時、兄貴は薄く笑って、

「それが俺たちの宿命というものだよ。それを背負って歩いていく道のりから外れる気は俺にはないし、お前にもありはしまい。俺たちが死んだ親父のためにこれから打ち上げる花火はでかいほどいい供養になり、世間への見せしめにもなる筈なんだ。お前もそれを信じて、その手を汚してきた筈だろう」

「だから早くそのでかい花火の仕掛けを教えてくれよ」

「それには時と所が揃うのを待ち受けるしかない。互いにこれまでしてきた我慢もそのためなんだ。お前のお陰でようやく舞台は整ってきたと思う。感謝しているよ」

それから間もなく、珍しく兄貴から至急に相談したいとの連絡があった。人目につかぬ場末の旅館の一室で向かい合った俺に、

「ようやく俺たちのための時が来たみたいだな。この機を逃したら、もう滅多に目的を遂げられる機会はないと思うが」

「どんな機会なんだ」

「聞くところ来月の末に川口組が主催して有馬温泉のホテルを借り切って傘下の企業舎弟の社長や組長たちを一堂に集めてでかい博打を開くつもりらしい。このところ東京の東精会が力を伸ばし、名古屋の中央会と結んで関西にまで手を伸ばしてきている。奴等も利口で直接川口の膝元の神戸には手をつけず、一つ西に飛んで広島の連中と組んで向こうで何か新しく始めるらしい。それを察知し、名目は総長賭博だが、阪神一円での結束を図るための集まりのようだ。しかし多分そう簡単にはまとま

るまいよ。その集まりが何かで揉めてどさくさする始末になれば、その隙を突いて目的をし遂げることが出来るかもしれない。そしてあの山形は必ずそこに来る。そこで何か話を拾い、稼ぎを広げるつもりに違いない。あの男の会社と川口との関わりは薬の繋がりだけではなしに、最近日増しに深いものになってきているからな。そこでだ、お前が何とかその日、どんな形でもいいからその場に潜り込み、俺の手引きをする算段をしてくれまいか」

「そして兄貴は何をするつもりだ」

思わず質した俺に向き直ると、

「当たり前の話だよ。俺がこの手であの男を殺して親父の仇を討つ」

言いながら机の引き出しの鍵を開けると、中から六連発のリボルバーを取り出してみせた。息を呑む俺に悪戯《いたずら》っぽく笑うと、

「検事の役得でね。今まで百発は試させてもらったよ。お前の空手よりも心強いぜ」

手にしたものを翳《かざ》し笑ってみせる兄貴を、俺はまじまじ見直していた。

それにしても兄貴が俺に出した宿題は難しいものだった。川口組とは何の関わりもない俺が、彼等が仕切る博打の大場所にどうやって潜り込むかだ。


考えた末に山形を利用することにした。彼が当日、川口一門として集まりに顔を出すのは間違いなかった。そこで俺がその随員に加わり、出来れば川口の総長に今後の仕事のためにも顔を繋げられればヨーコとの関わりでも都合のいい話だろうに、ここまで来れば俺たちのこれからの人生は裏の世界との関わりなしですみそうになかった。

山形にその日の随行を依頼したら突然の申し出に彼は戸惑い怯えた顔になったが、俺が先般の薬の横取りの件を持ち出し、残りの薬を川口との面通しの手土産にしてもいいと言ったら、それをどう取ったか顔色を変え、渋々頷きはした。

後は兄貴をどうやって建物の中に誘い込むかだったが、念のため場を当たってみたら当日使われるホテルは現地でも最大のもので、何かの使用人を装えば建物への出入りは簡単に思えた。

暫くしてヨーコと泊まった時、いつになく激しく燃えた後、突然、

「あなた、山形と一緒に川口組の総会に出るんだって」

と質してきた。

3

幸いその夜は本州の南岸をかすめて過ぎた台風の余波で荒れ模様の天候だった。それでも川口の威光で総会の後の結束を誓い合った手打ちの後の百畳の大広間を借り切った博打は大盛況で、手間を省いた丁か半かのバッタの博打の一場一場で行き交う札束の総額は、その場その場の賭け金が揃わぬ時に中盆《なかぼん》が大声でかける「先にコマ。後にコマ」との声に急かされて一千万円を超えるほどだった。

上座に陣取って成り行きを眺めている川口組の総長も満悦気味で、その夜の博打の上がりは優に三億を超えていたろう。

博打が終わり、客たちはそれぞれの部屋に仲間を引き連れたり気に入った芸者を連れ込んだりして、川口組が全傘下の主な顔ぶれを集めての総会は終わり、百畳の大広間に人気がなくなったのを見澄まして、俺はそれまで忙しかったホテルの厨房の片隅に従業員の振りをして紛れ込んでいた兄貴を連れ出し、長い渡り廊下を伝って、広い庭の片隅に池に面し建てられた、山形たちが借り切りにしていた離れに出向いた。建物は小振りな玄関に続いて控えの二間と、その奥に本館から離れて催す宴会用の広間があった。目指す山形はそこで就寝する手筈になっていた。

声もかけずに土足のまま上がり込み、襖をはらって踏み込んだ奥の間に二人の子分と思いもかけずに娘のヨーコをも控えさせた山形が、前に据えた卓袱台《ちゃぶだい》に置いた拳銃に手をかけて待ち受けていた。絶句して立ち

尽くす俺たちに薄く笑いながら、

「待っていたぜ。この娘から聞かされていてな」

「これは、どういうことなんだよ」

　思わず咎めて質した俺に、

「ごめん、なんだろうと実の親をそれと知りながら殺させる訳にはいかなかったのよ。だからあんただけは見逃すから出ていってよ。そして、あんたの兄さんにも手を引いてほしいの。出来たら今までのことは水に流して、これから一緒に何とかさ」

　それが終わらぬ間に俺の横に突っ立っていた兄貴が、

「黙れ、女っ」

　叫んで手にしていた例の拳銃の引き金を引いた。弾は狂いなく山形の胸板を貫き、目指す仇は血飛沫《ちしぶき》を上げて仰向けに倒れた。

それを見て、

「悪いね、あんた許して」

ヨーコが横に立ち尽くしている手下の抱えているライフルを奪って兄貴に向かって引き金を引いた。弾は兄貴の胸を撃ち抜き、その衝撃の中で驚くほどの熱い血が噴き出した。

俺はただ夢中で目の前に倒れている兄貴に向かって這うように折り重なり、抱き締めた。

「兄貴、俺たちはやったぜ」

叫んだ俺に向かって兄貴は仰向くと、

「いいか、五郎っ。お前は死ぬなよっ」

小さく叫ぶと息絶えた。

その時、畳に横たえていた日本刀を抜いて翳した手下の一人が、俺に向かって真っ向から振り下ろし斬りつけてきた。腕では払いきれなかった長い刀はまともに俺の肩に食い込んだ。

銃声を聞いて本館から男たちが駆けつけ、二人の死体と血だらけの座敷を目にし、息を呑んで立ち尽くしていたが、ヨーコの差配でまだ息のあるこの俺を運び出した。

この血なまぐさい不祥事は組にとってもいかにも厄介事で、その始末に往生した彼等は出来事の当事者でまだ息のある俺を、組の総長の前に引き立てていった。

さすがに相手は手慣れたもので、息を吐きながらも肩の傷から血を流している俺の応急の手当てを同行させていた主治医に命じ、医者が何とか命は取り留められそうだというのを聞いて、俺に椅子を宛てがって突然の不祥事の訳を質してきた。

俺は今さら悪びれる謂れは毛頭なく、二十年前の山形による親父殺害の経緯について話し、その後、俺自身の手による実行犯の発見とこの手で行った仇討ちのあらましについて一点も隠すことなく打ち明けてみせた。

親父を殺したあの下手人に加えたフォークリフトを使っての残酷な磔の段には連中も唖然とした顔になっていたが、何故か俺にはそれが小気味よかった。

俺から大方の経緯を聞き終わった後、総長は手当てしてくれた医者を呼び付け、何やら話し込んでいたが、話し終えると俺を見直し、

「お前の体は何とかなるそうだ。ゆっくり静養すれば前通りに働けるぞ。それで、お前これからどうする。一つ俺の下で働いてみないか。山形と

の関わりについてうすうす知ってはいたよ。しかしお前ら兄弟二人してここまでよくやって男の筋を通したもんだ。当節あまり聞けない話だぜ。それに惚れて見込んでの話だ。お前、一つ覚悟してその身をこの俺に預けてみないか。お前みたいな男をこの手で育ててみたいもんだ。お前なら必ずうちでいいところまで行けると思うがな」

身を乗り出して言う相手に、

「それは断る」

「何故だ」

「俺にはもうこれ以上生きていく意味がないんだ。兄貴と二人して今夜のためにこそ堪えて何とか生きてきたんだ。あの兄貴が死んでしまった今、俺にはもう何の生き甲斐もありはしないんだ。生きるためにこの手で殺す相手もありはしない。脅す訳じゃないが、あんたらのためにも俺みたいな人間はここで殺してくれた方がいいんだ。どうか頼むから今ここで兄貴と一緒に殺してくれ。しなければ必ず後で祟るぜ」

言い切った俺を相手はまじまじ見直すと、

「なるほどよくわかった。ならば殺してやろう」

頷くと、脇で刀を持って控えた男にゆっくりと促してみせた。立ち上がった男の翳した刀に向かって俺は胸を開いて向き合った。その刀が胸を刺し通した時、苦痛などではなしに何か柔らかく温かいものが俺の全身を覆って包み込むような気がしていた。それは幼い頃、裸の俺を洗ってくれた親父の手の感触だった。薄れゆく意識の中で、俺は限りなく満足だった。

流氷の町

その日の午後、第三洋神丸は恒例の大漁祝いの歌、北島三郎の『まつり』を鳴らしながら紋別の港に入ってきた。北の海での四ケ月に及ぶ長旅の留守を預かっていた家族たち全員が出迎え、港は久し振りの混雑だった。次々に船から降りてくる船員一人ひとりに家族たちが取りすがり抱き合う混雑の中で一人だけ離れて立ち尽くしている男を、最後に降り立った船長の小山が促し、肩を並べて桟橋の端にある会社の事務所に歩み去った。

それに気付いた船員の細君が夫に「あの人、誰なの」と質し、「ああ、あいつ、釧路の港で拾った流れ者だよ。以前は本州の焼津の船で南太平洋で働いていたそうだが、なんでも船が火災を起こし、その後船の筏《いかだ》で長いこと流されて命拾いしたそうで、もう南には出掛けたくないからと。素性は知れないが時化《しけ》には強《したた》かで、なかなか役には立ったな」

船長に案内された事務所で、あらかじめ船から依頼してあった男の住まいを確かめた後、

「で、あんたは当分うちの船で働いてくれるんだろうな。役に立ってくれて、俺も安心したぜ」

船長から言われて頷くと、

「そうお願いしますよ。俺としても当分あっちには戻りたくない気持ちなもんでね」

「それはどういうことだね」

「いや、向こうで女がらみでつまらぬ悶着《もんちゃく》を起こしちまってね」

「そりゃ、どういうことだね」

「いえ、巻き添えの喧嘩で相手を痛めつけすぎて大怪我を負わせて、警察沙汰にはなりましたが、引っぱられずにはすみました」

「ふーん、あんたの腕っぷしなら分かるが、この町では騒動は起こさんでくれよな。この町も狭いが、当節よそ者も増えていろいろあるもんでな」

「分かりました」

男は殊勝気に頷いて見せた。

「ところで、太刀川達男というのは本名なんだろうな」

「本名ですよ。調べられても私に前なんかありませんから」

肩をすくめながら男は言った。

「ところで、留守の間に町に何かあったかね」

質した船長に、事務員が、

「そうね、新しい店が何軒か出来ましたがね。中古車を買いに来るロシアの船の女たちが売春する溜まりの飲み屋とか。それに夏場の観光客相手のキャバレーも出来ましたな。バンドが入って専属の新しい歌手もいますよ」

「へえ、ここもなかなか開けたもんだな。独り者のあんたなら、遊ぶには事欠かないだろうよ」

言われても男は薄く笑って肩をすくめるだけでいた。


その夜、アパートで買い置きのウィスキーで下地を入れて、男は噂に聞いていたキャバレーを覗いてみた。かなり大きな店がまえで中は満員に近い混みようだった。客筋は彼と同じ船員たちと、潮焼けしていない顔色からして町場の男たちと、一見して客ずれした玄人の女たちだった。

バンドの演奏が一段落し、フロアで踊っていた客たちが相手の女たちに促され席に戻ったのを見定め、支配人らしい男がステイジに現れ、新規に店の専属として契約したという東京からやってきたばかりの歌手を紹介し、客たちに拍手を促した。ドラムとバンドのファンファーレと共に舞台の袖から女が登場してきた。

舞台の真ん中に立ち、深々と一礼する女を見て軽いどよめきが起こり、客の男たちがざわついていた。

今夜から舞台に立つという女はベージュの薄い衣装を纏《まと》い、薄いその衣装が背の高い肉付きのいい女の体の輪郭をことさらに浮き出させてみせた。客の男の誰かが卑猥な喚声を上げて店は一挙にざわついていた。

女はそんな騒ぎを無視して小さく肩をすくめ、バンドに歌のイントロを促していた。その様子は場末の猥雑な雰囲気に慣れきって無視した、強かな佇まいだった。

男は一人きりで座っていたテーブルから彼女を眺め、突然ふとこの女に見覚えを感じ、確かめるようにまじまじ相手を眺め直し首を傾げてみせた。

曲のイントロが終わり歌い出す時、彼女は舞台の袖にあった花籠から赤い花を一輪抜き出し、それを手にして歌い始め、そのままステイジから降りて歌いながら客席を回ってきた。そして歌い終わった時、その花をフロアの端の席に一人座っている男のテーブルの上にぽいと投げ捨てた。その瞬間、フロア中がざわめきたった。そして周りの視線が集まる中で男はそれに挑むように手にした花をかざして立ち上がり、女に向かってうやうやしく一礼してみせた。女はそれに応えるように投げキスを返してみせた。

それを目にしてフロアの半ばが拍手したが、大方が白けてもいた。客たちの視線が集まる中で男は、取り寄せて置いたボトルから、呷ったグラスに平然と酒を注ぎ、ステイジに戻った女に向かって掲げてみせた。

そして三曲歌い、そのステイジが終わった後、彼女は真っすぐ彼のテーブルにやってき、

「喉が渇いたから一杯おごってね」

いきなり言うと椅子を引いて座りこんだ。それを眺めて、また新しいざわめきが店全体に起こった。

「どうも花を有り難う」

女のグラスにボトルの酒を注ぎながら、

「俺はこの町では新参だが、あんたと前にどこかで会ったことがあったかなあ」

さりげなく言った男に、

「さあ、無いんじゃないの。私、この町は初めてよ。あちこち流れてきたからね」

「そうか、俺もそうだな。船を変え、港もあちこち変えてきたからな」

「私と同じね」

「なら君はなんで」

「運不運よ。ある会社から一曲出したけれど、あまり当たらなかったわ。それに男にもね」

投げ出すように言うと、背をそらし大声で笑ってみせる。

そんな二人の様子を店中の連中が聞き耳を立てるような気配で見守っているのが分かった。

それを全く気にもせぬ様子で、グラスに残った酒を一気に呷ると、

「どうも、良かったら流れ者同士、また会いましょうね」

立ち上がる女を店中の客たちが目で追っているのがよく分かった。

その後、彼女のステイジの歌で店の女を相手に二曲ほど踊ったが、その間もステイジの女と目が合うと、その度相手は薄く微笑して軽く頷いてみせたものだった。飲み残したボトルを店の女に預け店を出た彼を、次の町角で四人の男たちが待ち受け、呼び止めてきた。

立ち止まった彼を、四人は囲むようにして行く手を塞ぎ、

「お前はどこの者だ」

険のある声で質してきた。

「俺は第三洋神丸の者だがね」

「しかし見かけねえ顔だな」

「ああ、今度の漁には釧路から乗り込んだよ」

「すると、ここには縁のない流れ者だな」

「まあ、そういうことだな」

「ならば、これからあんまり出しゃばるなよな」

「それはどういうことかね」

「さっきの店にはあまり顔を出すなよな」

「なぜだ」

「目障りだからよ」

「どう目障りなんだね」

「お前、あの女とどういう関わりなんだ」

「女って、どの女かね」

「今度来た、リリー松山よ」

言いながら男の一人が手を伸べ、男が女から受け取って胸に挿していた花を抜き取り、横に捨ててみせた。

「何をするのかね」

「あんた、あの店にはあまり顔を出すなよな」

「それはどういうことだね」

「あの女が迷惑するからな」

「へえ、そう言うあんたは彼女の何なのかね。あんたの色か」

「他の客のために言ってるんだよ」

「すると、あんたらはあの店の者かい。俺も客の一人だがね」

「つべこべ言うな。あの店は俺たちが預かってるんだよ」

「と言うと、お前らは筋者か」

肩をすくめ口調を変えて言った男の胸倉にいきなり手をかけた相手の顔に、男はいきなり唾を吐きかけた。

たじろぎながら顔を拭って飛びかかろうとした相手の股間を男が蹴り上げ、相手は急所を押さえながら呻いて路上にうずくまった。その相手の胸を男がすかさず蹴りつけ、相手は仰向けに倒れて激しく頭を打った。

その胸を踏みつけながら、男はポケットから取り出した何かをゆっくり右の手に嵌《は》めて、かざしてみせた。分厚い手袋の拳に嵌めこまれた鉄の棘《とげ》が見えた。

「本土の港でお前らみたいな筋者相手との出入りで、こいつのお陰で十日もサツに留められたことがあるよ」

言いながら肩をすくめて歩き出す男に、囲んでいた男たちは黙って道を開け、見送っただけだった。

その夜の出来事は狭い町にすぐに広がっていった。

船の仲間が、昨夜の男たちは町に巣くい出したという北海道一円に手を伸ばしてきている本土の大手暴力団の分派の、北道会なる手合いだと教えてくれ、後々の注意を促してくれた。

「なに、一度船で海へ出てしまえばこちらのものだよ」

と男はあまり取り合うこともなかった。

「しかしもうじき流氷が来ると、当分足止めを喰って海には出られない。その間は気をつけた方がいいぜ」

「しかし彼等も鉄砲までは持ちだすまいが。その時には警察に逃げ込むよ」

笑って肩をすくめる男を、仲間はあらためて確かめるようにまじまじ見直してみたが。

その夜、また店に顔を出した男を客たちは好奇の目で眺めてきた。そして舞台に立って歌った彼女は、昨夜と同じように花を一輪取り上げ歌いながらフロアを回ると、最後に昨夜と同じ席に一人だけで座っている男のテーブルに花を置いてみせた。それを見て、小さなどよめきが起こった。

歌い終わって、周りの視線を無視するように肩をすくめて彼のテーブルに行って座ってみせた女に、

「あんたはここじゃもて過ぎるようだな」

「昨夜のことは聞いたわ。私、迷惑をかけてしまったみたいね」

「いやあ、全く」

「あなた、ずいぶん慣れているみたいね。あちこちで」

「いや初めてだよ。見知らぬ女から花をもらったなんて」

「そうでもなさそうだけど。あなた、この町初めてでしょ」

「ああ、仕事柄な」

「よく船を変えるの」

「しかたなしにな」

「誰か女のせいでしょ」

「馬鹿言うな。船に乗ってりゃいろいろあるのさ。女無しで男六人だけで二十五日間飲まず喰わずで果てもない海をさ迷って、漸《ようや》く拾われたこともあるぜ」

どこか遠いところを眺めるような眼ざしで言う男を、女は確かめるように見直してみた。

「ということさ。流れ流れて今ここにこうしているということよ。で、あんたはどうしてここにいるのかね」

「昨夜も言ったでしょ。私も同じようなこと。歌の運も男の運もなかったな」

肩をすくめてみせた女に、

「それはそのうちになんとかなろうさ。あんたほどの女はあんまり見掛けないものな」

「それはお世辞」

「いや実際の話だよ。昨夜絡んできた連中もそれを証していたんじゃないのか。奴等にすれば、あんたのミカジメ料を俺に払わせようとしたんじゃないのか」

「やめてよ。私、あんな連中となんの関わりもありゃしないわ」

「それを聞いて安心したよ」

「それ、どういうこと」

「これからも安心して、ここにあんたと一緒に座っていられるからな」

「それ、本気」

「ああ、本気だな」

「なら私、あなたの部屋を覗きに行こうかな」

「それは止めておいた方がいい。俺の部屋には何もないぜ。あるのは空になった酒瓶だけだ」

「なら私のところにいらっしゃいよ。私、ちょっとしたものなら作れるわよ」

「本気か」

「本気よ」

「しかし目立つだろうぜ」

「もう目立っているわ」

「それもそうか。しかし昨夜のような奴等があんたのミカジメを言ってきたら、構わず俺に言ってくれ。この町にいる限り、俺のことであんたに迷惑をかけるつもりはないからな。まあ、奴等も女一人にかまけて刃物を持ちだしたりはしまいが」

「じゃあ、いいのね。今夜待っているわ。本気よ」

「ああ、俺も本気だ。久しぶりのことだな」

ドアを開けて部屋を見回すと、

「ああ、女の部屋だなあ」

呻くように男は独りごちた。

「慣れたものじゃないの」

「馬鹿言え、本気だよ」

言いながら男は薄く漂う香水の香りを確かめるように、大きく息を吸い込んでみせた。

「あなた、奥さんは」

「ああ、昔いたけど死んだよ」

「どうして、いつ」

「あれはな……」

言いかけ、軽く目をつむるとひと息ついた後、

「しょうもない話だ」

「教えてよ」

身を寄せ、何か迫るように質す女を身構えるように見返すと、

「馬鹿な話さ」

「どんな。何がよ」

「アナタハンの沖で船が火災を起こして沈んだ後、生き残りの六人が救命筏でフィリッピンの船に救われるまで二十五日間流された。六人のうち三人は気が狂って死んだよ。焼津の港の連中は、全員死んだと決めて家族に手当ての手続きを始めていたそうな。女房は俺の葬式を出して実家のある田舎に帰り、昔の馴染みの男に言い寄られて結婚していたよ。海じゃよくある話だがね」

肩をすくめてみせる男を、女は試すようにしげしげ見直していた。

「そう、そうだったの」

「ああ、そうだった。それだけだよ」

男は言い、肩をすくめてみせた。


その後、二人は黙って見つめ合ったままでいた。そして飲み干した男のグラスに黙って酒を注ごうとした女の手を、男は黙って捕らえ、強く引き寄せた。

そのまま抱き敷いて自分を押し開く男を、女は目を閉じたまま争うことなく受け入れていった。部屋中の品物が揺れて動き、テーブルに並べて置いたグラスがぶつかり合い、音を立てていた。

激しい絡み合いの末に互いに行きつき、喘ぎながら確かめるように間近に相手を見つめ合いながら、

「私、ここへ来てあなたを待っていたのかもしれないわね」

男の胸に取りすがりながら女は呟き、

「ああ、俺もそんな気がするよ」

男も呟いた。

「こういうのを何と言うのかしら」

「これは海の漁でいう大当たりかね。しかし大漁の後にはよく時化が来るぜ」

「やめてよ。私、ここへ来ての運は信じたいのよ」

「俺も同じだよ。もう厄介はやめにしてしまいたいな」

「あなたとの出会いを私は信じたいわ」

「俺もだよ。なんとかそう願いたいもんだ」

もう一度女を激しく抱き寄せながら、何かに願うように天井に向かって顔を逸らし、男は呻くように言った。

「でもあなた凄いわよ。私、何度行ったのかしら」

「あんたもすばらしいぜ」

「港、港に女ありなんでしょう」

「そんなんじゃないぜ。何と言うのかな、俺があんたに出会ったのはただの偶然じゃない気がするな」

「それはどういうこと」

「俺にも分からないよ。とにかく頼むぜ」

「何をよ」

「またあの花を俺にくれよな」

「いいわよ、この部屋の鍵をあなたにあげるわ」

女は伸ばした手を男の首に巻きつけ、ゆっくり引き寄せた。

再び重なり合った二人にとって遮る物は何もなく、互いに無くしていた何かを取り戻そうとするように夢中に相手を貪り合った。

さらに行き果てた時、男は抱き敷いた女が低く嗚咽《おえつ》して流す涙を唇で吸って拭ってやった。

「この次、いつ漁に出るの」

縋るように質した女に、

「何故だい」

「だから、どれほどの間よ」

「さあ、それは漁の上がり次第だろうな。俺が以前乗ってた船はえげつなくて、本土から母船が来て海の上で漁の上がりをさらっていき、その後切りもなく海に縛りつけられたものだよ。それに比べりゃ北の海での仕事は楽なものさ」

「でも、この次の仕事はどれくらいかかるの」

「まあ四、五ケ月だろうな」

「そんなに」

「そんなところだな。待てないか」

「待てないわ」

「しかし女は乗れないぜ」

「でも」

「でも何だ」

「待つしかないのね」

「ああ、ないな。お互いに待つのは慣れているだろう」

「待っててほしい？」

「ああ、ほしいがそれはあんた次第だよ。あんたを縛りつける権利も資格もありゃしまいが」

「馬鹿」

女は手を伸べ、男の頰を軽く打ってみせた。

そんな女を見返し、

「いや、その前に俺はこの町を空けるかもな」

「どういうこと」

「次の漁の遠出の前、ボイラーの修理に船を函館のドックに回すが、その航海に乗り手がいないので俺が行くよ。他の仲間は、離れていた家族と久し振りに暮らしたいから乗り手に事欠いて、船長と機関士と俺だけが短い旅をするのさ」

「それ本当？」

女は身を乗りだして尋ねた。

「本当だよ」

「なら私が一緒に行くわ」

「そうはいくまいよ」

「私が乗って、皆の賄いをするのはどう」

身を乗りだして言う相手をしげしげ眺め直し、

「諮ってみるが、新参の俺がそんなことを言いだしてもまず無理だろうな」

肩をすくめる男に、

「それなら私、あんたを追いかけて函館に行くわ。紋別に来ているロシアの船にも女が乗っているでしょう」

身を乗りだして言う相手をまじまじ見直し、

「しかし、あの店での仕事はどうするつもりだ」

「馘《くび》になっても歌手なんて商売、どこでも働き場所はあるものよ」

肩をすくめてみせた。


次の日、男は思い切って話を切り出してみた。肩をすくめながら照れて言う男を船長はしげしげ見返し、

「なるほど、お前さんの噂は本当だったということか。色男はうらやましいぜ。彼女は本当に賄いが出来るのかね」

「俺の知る限りはましな飯を作りますがね」

「ならいいだろうよ。うちのコックは初めての餓鬼が生まれたてで家を離れたがらねえのさ」

「そりゃ有り難いです」

「おい、俺たちの前であまりのろけるなよ」

次の日の夜、それを告げた男に女は声を上げてしがみついてきた。

「嬉しいわあ。二人のハネムーンよね」

「しかし船ではあんまり浮かれないでいろよ」

「そんなこと分かってるわよ。精々いい奥さんぶってみせるわよ」

はしゃいで言う相手を男は眩しそうな目つきで見直していた。北端の岬を回って函館までの短い航海の間中、女は殊勝に尽くしてみせた。船が函館のドックに収まった時、船長がまともな顔で女を労《ねぎら》い、紋別までの帰りの航海にもと、女に念を押してくれた。

函館での船の修理の期間、二人は安宿を選んで過ごした。それは女が言ったハネムーンに似て満ち足りた十日間だった。

「私たち、なんだか長い間別れていた夫婦みたいだわね」

男の腕の中で喘ぎながら女が言った。

「俺もそんな気がするよ」

男も言った。

「昔、船が沈んで南の海を切りなく流されていた時、夢の中で憧れて見た女は女房じゃなくて、あんただったのかもしれないな」

「これがいつまで続くのかしら」

「船はいつかは出ていくのさ」

「そんなこと言わないでよ」

「言うさ。考えてもみろよ。俺たちの出会いなんて不思議というか、海を漂う流木みたいなもんだ」

「でもこうして出会ったじゃないの」

「そりゃそうだ。俺が釧路の港であの船に拾われたからな。そしてそんな俺にあんたはあの時、花をくれたぜ。何故かな」

「あんただけが一人でいたからよ」

「それでよかったよな」

「そう、よかったわ、私も……。あんた、こんどいつまた海に出るの」

「寄せてきている流氷が消える頃だろうな」

「長い間かしら」

「ああ、ここにこうしているよりも長いよな。あんた、どうするね」

「私、困るわ」

「どう困る」

「馬鹿」

言って女は彼の頰を軽く打ってみせた。

函館から紋別に戻った船は、その年の春三月に港を出てアリューシャンの漁場に出かけていった。その年は何のせいでか潮が変わっていて不漁で、船は漁場を求めてカナダの沖合いまで針路を変えたが、水揚げは例年より少なかった。

船は予定よりも遅れて夏に近い六月に入って紋別に戻った。季節は変わり町の周りの緑はたわわで、あの店に女の姿は見えなかった。

「あの女はやめたのかね」

質した男に店の支配人は含み笑いで、

「いや、やめちゃいないが」

「どこか店を変えたのかね」

「いや、定山渓《じょうざんけい》に行ってたみたいだぜ」

「それはどこだね」

「北海道一の温泉場だよ」

「へえ、温泉場に遊山とはうらやましいな」

「そうさ、あの子にもあんたの留守中にいい運が向いてきたらしいぜ。今度の旅は新婚旅行の前触れかね」

「そりゃどういうことかね」

「どうやら、あんたの目は薄いみたいだぜ」

「どういうことだ」

「あの子はいい客を摑んだということだよ。事によったら嫁入りすることになるかもしれないな。この町じゃ評判だぜ」

「へえ、そりゃどんな相手だね」

「あんたは知るまいが、ここじゃ一番の大物でね。町のはずれに在るだろう、でかい工場が。水揚げされた海産物を加工して本土に送る会社の社長だよ。それが五十超しているのにまだ独身でね。何しろ先代の奥さんの母親がうるさくって、今まで寄りつく女がいなかったが、夜遊びもしなかった堅物でな。それが仲間に誘われてここへ来て、あの女を見初めて日参でね。あげく、どうやらということさ」

「どうやらというのは、どういうことかね」

「社長は商工会の仲間に結婚のつもりを打ち明けたそうだぜ」

探るように見つめる相手に、肩をすくめながら、

「そうか、そいつはめでたいな」

言う男を相手はまじまじと見返し、

「あんた、それでいいのかね」

「どういうことだね」

「だいぶん熱かったみたいじゃないか。あの船を修理で函館に回した時、あの子を乗せてったのは評判だったぜ」

覗きこんで言う相手の視線を外すように肩をすくめると、

「あいつにも運が回ってきたということだな。そういつまでも流れていく訳にもいくまいからな」

「あんた、それでいいのかね」

「いいも悪いもないだろうぜ。本人がその気なら」

「本気かね」

問い直すように言う相手に、

「船で出かければそれきりのことだよ」

「しかし、そんなものなのか」

「そんなもんだろうな。めでたい話じゃないか」

「しかし、あの子はこの店はやめないとは言ってはいたがね」

試すような目で相手は言った。

「なら、俺がまたここへ来たら迷惑ということか」

「そいつはあの子に聞いてみろよ」

「聞いたところで、どうなるもんでもあるまいよ」

その夜、ステイジに立った女は彼の席に近づいてき、

「後でね」

ひと言囁いてみせた。

「俺はここにいない方がいいんじゃないのかね」

「それはどういうことよ」

「立派な相手が出来たそうじゃないか。支配人から聞いたぜ。定山渓はハネムーンじゃなかったのかね」

「やめてよ。あんたがいないから暇つぶしよ。向こうで何度もあんたの夢を見たわ」

「そんな言い方はよくないぜ」

「それはどういうことよ」

「ご立派な相手だそうじゃないか。あんたもそろそろ身を固めないと切りのないことになるぜ」

「馬鹿」、言うと女は手を伸べ、男の頬を軽く打って胸にもたれかかった。そんな相手を、

「知らねえぞ」

男も強く引き寄せ、女は叫びながら男にしがみついた。

はだけた胸をしまいながら、

「私、やっぱり駄目だわ」

何かを追うように堅く目をつむりながら女は言った。

「ああ、俺もだな」

男も言った。


その夜、女のステイジが終わった後、店の支配人が男の席にやってき、含み笑いで、

「あんた、少し顔を貸してくれよ。あんたに会いたいというお客がいるんだよ」

「誰だい」

「前にも話したろう。あの子に通ってきてる社長だよ。あんたに是非会

いたいとな」

「会ってどうする」

「そこは男同士、さしで話したらどうかね」

店の一番奥のテーブルに座っていた相手はやってきた男を眩し気に見つめ、怯えたような顔で立ち上がって迎え、名乗ってみせた。

「私に何か御用ですかね」

「いや、ちょっと松山さんのことで」

相手は女の本名を口にして、まじまじ男を見返してきた。

「ああ、私は彼女とは何の関わりもありませんよ」

なだめるように言った男を見返し、

「そんな……」

訴えるように瞬きしながら呟く相手に、

「あまり気にしないでくださいよ。俺たちはただの通りすがりの仲ですから」

「あの実は私は……」

口ごもりながら言いかける相手に、

「お二人のことは噂で聞いていますよ。彼女にも運が向いてきたようですな」

諭すように言った男をまじまじ見直すと、

「すると……」、呻いて呟く相手に、

「私のことはあまり気にしないでおいてくださいよ。それより」

言いかけた男を見直すと、

「いや、実は……」

「聞いていますよ。結構なことじゃないですか。これであの女も落ち着けるということだ」
相手を封じるように言うと男は頷いてみせ、そのまま踵《きびす》を返して元の席に向かっていった。そんな男を相手は惚《ほう》けたような顔で見送っていた。

その夜、切れていた酒を買いに出て戻った女が眉をひそめ、
「家の外に変な男たちがいるわ」
「どんなだ」
「三人して、あなたが私の部屋にいるかと聞いてきたのよ」
「へえ、そいつは酔狂な野郎だな」
「中の一人はうちの店のミカジメをしている北道会のヤクザよ」
「俺に何の用事かね」
「あなた、今夜ここに泊まっていったら」

「そうもいくまいよ。そうしたら一層刺激的なことになりそうだからな」

身じまいして立ち上がると部屋を見回し、古い石炭ストーブの横にある火搔き棒を手に取ると、

「これをちょっと借りるぜ」

取り上げた細い鉄の棒をズボンの内側に差してしまうと、空いた手で女を引き寄せ、首筋に口を当てると、戸口で心配気に立ちすくむ女に肩をすくめ、そのまま扉を開けて出ていった。

女が言ったとおりアパートの戸口の外に男が三人、彼を待ち受けていたように立っていた。男を確かめ、火を囲むように立ちはだかった。

「俺に何の用かね」

質した男に、

「あんたにこの町から消えてもらいたいんだよ」

「そりゃどういうことだね」

「目障りなんだよ」

「何故だ」

「分からねえなら分かるようにしてやろうか」

言いながら懐から夜目にも光る刃物を取り出してかざす相手の腕を、男はズボンから引き出した火掻き棒で撥ね上げ、返す腕を相手の頭に叩き下ろした。崩れ落ちた相手の肩を蹴り上げると仰向けに倒れた相手の胸を踏みつけ、立ちすくむ二人に、

「お前ら、この男の子分か」

「いえ、この人にうちの社長のためになることだから手助けしろと言われて」

「なるほど、そういうことかね。しかし、これは警察には届けない方がいいと思うがね。おたくの社長さんのためにもな」

言いすてて立ち去る男を、残りの二人はすくんだまま見送っていた。

いつもの席に一人で座っていた男に、店の支配人がウィスキーの瓶を手にしてやってきて置くと、

「これ、ある人からあんたへの差し入れだよ」

いきなり言った。

「誰だよ」

「この店の持ち主の奥さんだよ」

言って振り返ると、反対側の奥の席を目で示した。着物を着た小綺麗な女が男に向かって会釈し、立ち上がると近づいてきた。そのまま男に

向かい合って座ると、

「あなたのお陰で厄介払いが出来たわ。うちの男たち、誰も勇気がなくってね」

「いや、俺はただ」

「あなた、以前からずっと船に乗っていたそうね。腕のたつ人だと聞いたわ。南の海でずいぶん恐ろしい目に遭ったそうね」

「まあ、いろいろありはしたけどね」

外すように言った男をしげしげ見直すと、

「あなたみたいな人がうちにも欲しいわね」

「いや、俺はただの漁師ですよ。陸《おか》にはとてもなじめないな」

誰に聞いたのか、身を乗りだして質してきた。

「それでよくも懲りずに続けているわね」

「他に能もないからな」

「あなた、これから私とちょっと付き合わない。私、ここは別に気の利いたバーを出しているのよ。ここよりいいお酒もあるわ。お客の筋もいいの。船の人は誰も来ないから」

男が答える前に、促すように彼女は立ち上がった。

彼女が言ったとおり町の外れにある小体《こてい》なバーは、高い外国の酒が並んだ、若い小綺麗な女が一人いるだけの閑静な店だった。

「この店、私が登別《のぼりべつ》で芸者に出ていた頃からの夢だったのよ」

時間が来て、その子が帰った後、カウンター越しに向かい合った男に、

「あんた、夕食までてしょう。私の部屋で食べていかない。こう見えても私、料理は上手いのよ」

言われるまま上がった二階の家で、女は手際よく気の利いた料理を作

ってみせた。

彼女も一緒に食事をすませた後、

「あなた、よかったら今夜ここに泊まってってっていいわよ」

さりげなく言った。

「それはどういうことかね」

「亭主はずうっといないのよ。ゴルフに狂ってて今時この辺りでは出来ないから、南の札幌辺りのどこかで若い女子プロを連れて当分遊んでいるわ」

促されるまま入った寝室で、女はいきなり帯を解いて襦袢《じゅばん》一枚になり、男に向き直った。現れたのは太りじしの豊満な体だった。そして彼女は最後の一枚も脱いでみせた。男も応えるように身に着けていたものを脱ぎ去った。

彼女の体は渇いて餓えていたように熱かった。男が彼女を覆い、乱暴に押し入った時、女は悲鳴に似た高い声を上げて彼を迎え入れ、時も置かずに行き果てた。その瞬間大きくのけ反り、宙を掻いた手が間近なナイトテーブルのスタンドを払い落とし、音を立てて明かりが壊れて消えた。

その後、女は飽かずに朝まで男を求め続け、窓の外で夜が白む頃、行き果てたまま何故か涙を流して眠りに落ちた。

身に何もまとわぬまま眠っている女を見下ろし、男は肩をすくめ、黙ったまま部屋を出ていった。

以来、彼女は渇いた者が水を求めるように男をせがんで家に招いた。男もただそれが便利で、女に応えつづけた。しかしある夜遅く突然、彼

の部屋にリリー松山がやってきた。忘れ物に気づいた気分で迎え入れた男に、

「あなた、あの女のことをどう思っているの」

「誰のことだ」

「皆知っていて評判だわよ」

「どうもこうもありはしないよ。ただの行きがかりだよ」

「私のこともそういうことなの」

「じゃあ、あんたはどうなんだ。お互いに流れ者じゃないか」

「あなた、それでいいの。私は嫌だわ」

「と言って、どうするつもりだね」

言った男をまじまじ見つめ直し、

「私、これ以上流れていくのは嫌だわ。私、結婚するかもしれない」

挑むように言った女を見返し、

「それはいいじゃないか。噂は聞いているがね」

言い放つ男を食い入るように見直し、

「あなた、それでいいのね」

「それは俺の決めることじゃあるまいが。あんた自身のことじゃないのかね」

「それでいいのね」

「それをこの俺に決めさせるのは筋違いじゃないのかね。俺はあんたを今まで以上に何してやれるものじゃないぜ。それは買いかぶりというものだよな」

言った男をしげしげと見直し、

「分かったわ」

女は頷いてみせた。

それから暫くして女の家の下のバーで遅くまで飲んで、その日は彼女の生理のせいで泊まらず住家に戻った男を、家に繋がる狭い路地の途中で三人の男が待ち受けて道を塞いできた。真ん中の男が取り出して突きつけたのは紛れもなく夜目にも黒く光る拳銃だった。

「あんたには消えてもらうぜ」

男が言った瞬間に、相手の本気にたじろぎ身をひねって退《すさ》ったはずみに、よろけて転んだ背後の家の軒下に、割って積まれた薪があった。その彼に向かって相手は引き金を引き、弾は腰を落として崩れかけた男の左肩を貫いた。その衝撃の中で咄嗟《とっさ》に手探りで手にした薪で必死に立ち上がりざま、相手の頭を殴りつけた。

相手は頽《くずお》れ、倒れるはずみに手にしていたものを握りしめ、二度目の引き金を引いてしまい、轟音《ごうおん》が狭い路地にとどろいた。それを見て、男の連れの二人は走って逃げさり、銃声に気づいた周りの住人たちが飛び出してきた。

警察が駆けつけた時、男を殺しかけた相手は薪の棒で頭を割られ死んでいた。

町での殺しの出来事は大騒ぎになった。男を殺しかけ、逆に殺された相手の素性はよそ者で、ヤクザ組織の北道会の一員と知れたが、一緒にいた町の手下は身元が割れて連行され、事のいきさつのすべてが明らかになった。出来事は委嘱された殺人で、殺しを頼んだのは、撃たれた男が行きつけのキャバレーの持ち主だった。

殺しにかかった相手を咄嗟に殴り殺してしまった男は、肩に受けた傷からしても取り調べの後すぐに釈放され、彼の殺しをその道のプロに委嘱したキャバレーの社長はその訳を黙してなかなか語らなかったが、町での噂から被害者の男と細君の不倫への嫉妬と知れた。

事の裁判はすぐに行われ、男の不倫は頭から問題にされず、男の反撃による撲殺は正当防衛とされて不問、殺人を委嘱した店の社長は懲役三年と判決された。

その結果、奇妙なことに、男は突然狭い町では有名にされてしまった。間を置いて出かけた件の店で支配人がやってき、へつらうように、すぐにも会いたいという彼女の伝言を囁いてみせた。

「それにしても、あんたは凄いもんだな。これからここでどうするつもりかね」

「そりゃどういうことかね」

「社長がいなくなった後、あんたがここを仕切るのかね」

「馬鹿言え。俺はただの漁師だよ」

言い放った男を相手はなお探るようにしげしげ見直していた。

その夜、男を迎えた彼女は体をぶつけるように抱きついてきた。

飢えたようにむしゃぶりつき、男の腕の中で呻いてのけ反り、何度となく行き果てた後、涙を流して、

「許してね、後生だから許してね。この償いはきっとさせてもらうわ」

「いや、これはあんたに関わりないことだぜ。元はと言えば、俺があんたの誘いに乗って後を引いたせいだよ。むしろ気の毒なのはあんたの亭

主じゃないか。あんたはやっぱり悪い女だよ」

「それはどういうこと。私はずうっとあなたみたいな男を探し求めていたのだと思う」

「それは買いかぶりというもんだ。俺はただの漁師の、こんな男でしかありゃしないよ」

「嫌よ。もう船になんぞ乗らないでほしいわ」

「どういうことだ」

「私、あの男とはもう切れて別れるわ。もう人を立てて離婚の手続きをしたのよ」

「それはどういうことかね」

「あの店は大半は私のものなのよ。だから、これからこの私を支えてほしい」

「馬鹿言え。そりゃ無理だ。俺はまたすぐ船で出ていく人間だぜ」

「そんなのやめて。この私と一緒にこの町にいてよ」

「そりゃあ無理だ。俺には海があるんだよ。俺は海と漁しか知りはしない。陸に上がればただの河童だよ」

「でもあなた、昔南の海でひどい目に遭って死にそうになったらしいじゃないの。それで奥さんにも逃げられてさ」

「だが、こうしてなんとか生きてはいるよ」

「でも、ここの港のあの船みたいにロシアに捕まって、全員一年近く帰れなかったこともあるわよ」

「それでも殺しはしまいさ」

「あなた、それでも行くの」

「ああ、仕方ないものな」

「どうしてよ」

「世の中にはこんな人間もいるものさ。海の氷みたいに流れてな」

「あなた、それでいいの」

「そうやってあんたに流れついたのさ。海から陸に上がるなんてことは、この俺にはとても出来ないだろうな」

「一体、海のどこがそんなにいいのよ」

「そういう質の人間もいるのさ。しかし俺は必ず戻ってはくるぜ」

「いいわ。私は必ず待っているから」

「そりゃ有り難いな」

「この次はいつ出ていくの」

「来月の十日と聞いているな」

「それから半年間ということよね。いいわ、私必ず待っているから」

「そいつは嬉しいな」

「それ、本気」

「ああ、本気だよ」

「それで、うちの店にいるあの子はどうするのよ」

「あいつは俺と同じ流れ者だよ。俺が縛る謂れもないし、出来るものじゃありゃしないよ」


しかしその夜遅く、リリーが突然男の部屋にやってきた。

いきなり男にしがみつくと、

「今夜が最後よ」

「どうかしたのか」

「あの女、私を馘にしたわ。もうこの町にいるなってね」

「なるほど」

「そういうことなのね」

「そりゃどういうことだよ」

「あの人、あんたを殺させようとした馬鹿な亭主とはもう別れて、海から帰るあんたを待つと言ってたわよ」

「それがどうした」

「嬉しいでしょうよ」

「さあ、そいつは分からねえな」

「どういうことよ」

「海で何が起こるかは誰にも分かりはしないよ。それは陸にいる人間には分かることじゃあないぜ。そんな相手を当てにしても何が摑めるものじゃありゃしないよ。あの女が俺に何を求めているのか知らないが、それはあの女の勝手だよ」

「なら、あなたはこれからどうするつもりなの」

「つもりかね。そんなこと考えたことはねえな。いつか言ったろう。アナタハンの沖で船が焼けて沈み、長いこと流されている間に、もう何も考えなくなっちまった。あの時以来そういうことさ。そんな俺に誰が何を期待してくれても、どうなるものじゃねえよ。この俺に関しちゃ海が決めることになるのさ」

「なら、陸にいる私も心を決めるわよ」

「ほう、どう決める」

「私、決めたのよ」

「何を」

「私、結婚するわ」

「誰と」

「あの女よりお金持ちの人とよ」

「あの社長さんか、そりゃよかった。これであんたもやっと落ち着けるよな。子供でもつくって落ち着くことだよ。あんたのいい声もいつまでも続くものじゃないからな。で、いつだね。俺も何か祝いたいもんだぜ」

「もうじきよ。あの女がわざわざ教えてくれた、あんたが次の漁に出かけていく日にしたわ」

言われて試すように相手を見つめ、

「そりゃいいいな。善は急げというからな」

真顔で言う男をまじまじ見直し、

「あんた、それでいいのね、本当に」

「いいも悪いもないだろうに。これであんたも次の居場所を探さずにすむぜ。そして亭主に頼んであんたの歌のレコードを出すんだな。それが出たら、俺もいつもそれを持って船に乗り込むことにするぜ」

言った男をまじまじ見返すと女は突然立ち上がり、身を翻して部屋を出ていった。


出港の日、埠頭《ふとう》にいつもながら長い別れを惜しむ船員の家族たちが集まって、乗り込んでいく男たちを見送っていた。

その中に一人立ち尽くしている問題の女を、件の出来事を知っている家族や船の関わりの者たちが物珍し気に眺めていた。

女はそうした周りの視線に動じることなく、やってくる男を待ち受けていた。

暫くして仲間たちから遅れて、男が物を詰め込んだ袋一つを肩に掛け、やってきた。そしてその男を追うようにして小走りにリリーがやってきた。

立ち尽くしていた女の前で彼を挟むように追いすがると、男の腕を捕らえて、いきなり、

「私、待っているわ。やっぱり」

叫んでみせた。

怪訝に見返す男の前で、半身を開いて片側の女に挑むように向き合うと、

「私、やめたのよ、あの人との結婚は。今そう告げて別れてきたわ」

摑んだ男の腕を揺すぶって叫んでみせた。

その相手を黙って見返すと男は小さく肩をすくめ、手にしていた袋を背負い直すと踵を返し、船へのタラップを上りかけた。

その背を追うように二人の女たちが、

「私、必ず待っているわよっ」

同時に叫んだ。

その声にまた小さく肩をすくめて振り返ると、

「お互いにあんまり先のことは考えない方がいいぜ。俺たち、こうしてさよならを言うために出会ったんじゃなかったのかね」

男は言って背を向け、タラップを上がっていった。

初出　「小説幻冬」
宿命　二〇二一年四月号
流氷の町　二〇二〇年七月号

装画
Vardøhus Fortress (oil on canvas)　Balke, Peder/Bergen Art Museum, Norway
Photo©O.Vaering/Bridgeman/amanaimages

ブックデザイン　幻冬舎デザイン室

〈著者紹介〉
石原慎太郎　1932年神戸市生まれ。一橋大学卒。55年、大学在学中に執筆した「太陽の季節」で第1回文學界新人賞を、翌年芥川賞を受賞。『化石の森』（芸術選奨文部大臣賞受賞）、『生還』（平林たい子文学賞受賞）、ミリオンセラーとなった『弟』や2016年の年間ベストセラーランキングで総合第1位に輝いた『天才』、『法華経を生きる』『老いてこそ人生』『子供あっての親――息子たちと私――』『男の粋な生き方』『凶獣』『救急病院』『老いてこそ生き甲斐』『新解釈現代語訳 法華経』など著書多数。

宿命《リベンジ》
2021年10月25日　第1刷発行

著　者　石原慎太郎
発行人　見城 徹
編集人　森下康樹

GENTOSHA

発行所　株式会社 幻冬舎
〒151-0051 東京都渋谷区千駄ヶ谷4-9-7

電話：03(5411)6211(編集)
03(5411)6222(営業)
振替：00120-8-767643
印刷・製本所：中央精版印刷株式会社

検印廃止

ISBN978-4-344-03863-9 C0093
幻冬舎ホームページアドレス　https://www.gentosha.co.jp/

この本に関するご意見・ご感想をメールでお寄せいただく場合は、comment@gentosha.co.jpまで。